水灵

琼瑶作品
26
归云辑

华语世界
深具影响力作家

琼瑶

著

湖南文艺出版社
HUNAN LITERATURE AND ART PUBLISHING HOUSE

CS-BOOKY

我为爱而生，我为爱而写
文字裡渡过多少春夏秋冬
文字裡写下多少青春浪漫
人世间虽然没有天长地久
故事裡火花燃烧热情依舊

琼瑶

浴火重生的新全集

我生于战乱,长于忧患。我了解人事时,正是抗战尾期,我和两个弟弟,跟着父母,从湖南家乡,一路"逃难"到四川。六岁时,别的孩子可能正在捉迷藏,玩游戏,我却赤着伤痕累累的双脚,走在湘桂铁路上。眼见路边受伤的军人,被抛弃在那儿流血至死。也目睹难民争先恐后,要从挤满了人的难民火车外,从车窗爬进车内。车内的人,为了防止有人拥入,竟然拔刀砍在车窗外的难民手臂上。我们也曾遭遇日军,他们差点把母亲抢走。还曾骨肉分离,导致父母带着我投河自尽⋯⋯这些惨痛的经历,有的我写在《我的故事》里,有的深藏在我的内心里。在那兵荒马乱的时代,我已经尝尽颠沛流离之苦,也看尽人性的善良面和丑陋面。这使我早熟而敏感,坚强也脆弱。

抗战胜利后,我又跟着父母,住过重庆、上海,最后因内战,又回到湖南衡阳,然后到广州,一九四九年,到了台湾。那年我十一岁,童年结束。父亲在师范大学教书,收入微薄。我和弟妹们,开始了另一段艰苦的生活。我也在这时,疯狂地吞咽着让我着迷的"文字"。《西游记》《三国演义》《水浒传》⋯⋯都是这时看的。同时,也迷上了唐诗宋词,母亲在家务忙完后,会教我唐诗,我在抗战时期,就陆续跟着母亲学了唐诗,这时,成为十一二岁时的主要嗜好。

十四岁,我读初二时,又迷上了翻译小说。那年暑假,在父亲安排下，我整天待在师大图书馆，带着便当去，从早上图书馆开门，看到图书馆下班。看遍所有翻译小说，直到图书馆馆长对我说："我没有书可以借给你看了！这些远远超过你年龄的书，你通通看完了！"

爱看书的我，爱文字的我，也很早就开始写作。早期的作品是幼稚的，模仿意味也很重。但是，我投稿的运气还不错，十四岁就开始陆续有作品在报章杂志上发表，成为家里唯一有"收入"的孩子。这鼓励了我，尤其，那小小稿费，对我有大大的用处，我买书，看书，还迷上了电影。电影和写作也是密不可分的，很早，我就知道，我这一生可能什么事业都没有，但是，我会成为一个"作者"！

这个愿望，在我的成长过程里，逐渐实现。我的成长，一直是坎坷的，我的心灵，经常是破碎的，我的遭遇，几乎都是戏剧化的。我的初恋，后来成为我第一部小说《窗外》，发表在当时的《皇冠》杂志上，那时，我帮《皇冠》杂志已经写了两年的短篇和中篇小说，和发行人平鑫涛也通过两年信。我完全没有料到，我这部《窗外》会改变我一生的命运，我和这位出版人，也会结下不解的渊源。我会在以后的人生里，陆续帮他写出六十四本书，而且和他结为夫妻。

这世界上有千千万万的人，每个人都有自己的一本小说，或是好几本小说。我的人生也一样。帮皇冠写稿在一九六一年，《窗外》出版在一九六三年。也在那年，我第一次见到鑫涛，后来，他告诉我，他一生贫苦，立志要成功，所以工作得像一头牛，"牛"不知道什么诗情画意，更不知道人生里有"轰轰烈烈的爱情"。直到他见到我，这头"牛"突然发现了他的"织女"，颠覆了他的生命。至于我这"织女"，从此也在他的安排下，用文字纺织出一部又一部的小说。

很少有人能在有生之年，写出六十五本书，十五部电影剧本，二十五部电视剧本（共有一千多集。每集剧本大概是一万三千字，虽有助理帮助，但大部分仍然出自我手。算算我写了多少字？）我却做到了！对我而言，写作从来不容易，只是我没有到处敲锣打鼓，告诉大家我写作时的痛苦和艰难。"投入"是我最重要的事，我早期的作品，因为受到童年、少年、青年时期的影响，大多是悲剧。**写一部小说，我没有自我，工作的时候，只有小说里的人物。我化为女主角，化为男主角，化为各种配角。写到悲伤处，也把自己写得"春蚕到死丝方尽"。**

写作，就没有时间见人，没有时间应酬和玩乐。我也不喜欢接受采访和宣传。于是，我发现大家对我的认识是"被平鑫涛呵护备至的，温室里的花朵。一个不食人间烟火的女子！"我听了，笑笑而已。如何告诉别人，假若你不一直坐在书桌前写作，你就不可能写出那么多作品！当你日夜写作时，确实常常"不食人间烟火"，因为写到不能停，会忘了吃饭！**我一直不是"温室里的花朵"，我是"书房里的痴人"！因为我坚信人间有爱，我为情而写，为爱而写，写尽各种人生悲欢，也写到"蜡炬成灰泪始干"。**

当两岸交流之后，我才发现大陆早已有了我的小说，因为没有授权，出版得十分混乱。一九八九年，我开始整理我的"全集"，分别授权给大陆的出版社。台湾方面，仍然是鑫涛主导着我的全部作品。爱不需要签约，不需要授权，我和他之间也从没签约和授权。从那年开始，我的小说，分别有繁体字版（台湾）和简体字版（大陆）之分。因为大陆有十三亿人口，我的读者甚多，这更加鼓励了我的写作兴趣，我继续写作，继续做一个"文字的织女"。

时光匆匆，我从少女时期，一直写作到老年。鑫涛晚年多病，出版社也很早就移交给他的儿女。照顾鑫涛，变成我生活的重心，尽管如此，我也没有停止写作。我的书一部一部地增加，直到出版了六十五部书，还有许多散落在外的随笔等作品，不曾收入全集。当鑫涛失智失能又大中风后，我的心情跌落谷底。鑫涛靠插管延长生命之后，我几乎崩溃。然后，我又发现，我的六十五部繁体字版小说，不知何时开始，已经陆续绝版了！简体字版，也不尽如人意，盗版猖獗，网络上更是凌乱。

我的笔下，充满了青春、浪漫、离奇、真情……各种故事，这些故事曾经绞尽我的脑汁，费尽我的时间，写得我心力交瘁。我的六十五部书，每一部都有如我亲生的儿女，从孕育到生产到长大，是多少朝朝暮暮和岁岁年年！到了此时，我才恍然大悟，我可以为了爱，牺牲一切，受尽委屈，奉献所有，无须授权……却不能让我这些儿女，凭空消失！我必须振作起来，让这六十几部书获得重生！这是我的使命。

所以，在我已进入晚年的时候，我的全集，重新整理出版。在各大出版单位争取之下，最后繁体版花落"城邦"，交由春光出版，简体版是"博集天卷"胜出。两家出版单位所出的书，都非常精致和考究，深得我心。这套新的经典全集，非常浩大，经过讨论，我们决定分批出版，第一批是"影剧精华版"，两家出版单位选的书略有不同，都是被电影、电视剧一再拍摄，脍炙人口的作品。然后，我们会陆续把六十多本出全。看小说和戏剧不同，文字有文字的魅力，有读者的想象力。希望我的读者们，能够阅读、收藏、珍惜我这套好不容易"浴火重生"的书，它们都是经过千锤百炼、呕心沥血而生的精华！那样，我这一生，才没有遗憾！

琼瑶

写于可园

二〇一七年十一月十日

我又记起了你，竹风。
是的，竹风，我常常记起你。
当这样的夜里，
当一些晓雾迷蒙的清晨，
当一些暮霭苍茫的黄昏，
当一些细雨霏微的长日里……
我会记起你，常常地。

目 录
Contents

水

灵

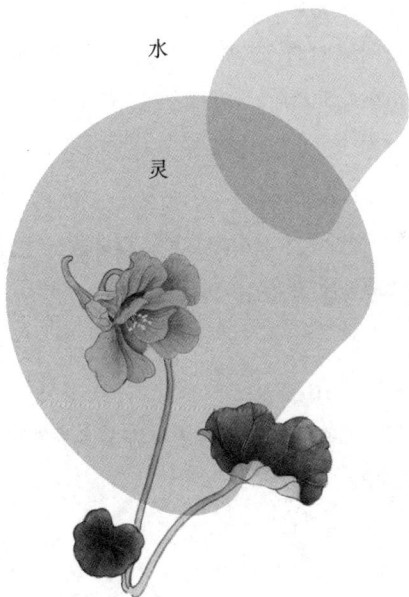

给竹风

让我再给你说个故事吧！竹风。

以后，每夜每夜，我将为你说许多许多的故事。

竹风，你静静地听吧！

水灵

她亭亭玉立地站在海水中，浑身像人鱼一样滴着水，
却睁着一对黑白分明的、孩子似的大眼睛，天真地望着他。

云霏华厦

"这就是最美丽的那份自然，"他继续说着，

"这就是世界，是天地万物存在的源泉，一个字：爱！"

风铃

一阵风吹送而过，那铃声清脆得像一支歌，

叮当，叮当，叮当……

柳树下

"拜伦呢？雪莱呢？爱伦·坡呢？"

他沉思片刻。

"一样，全一样。是'我爱你'的意思。"他说，重新吻住了她。

五朵玫瑰

屋中一无所有。只在那简陋的书桌上面，排列着五朵玫瑰。

心香数朵

"哈！"倪冠群笑了，"我只是来告诉你，
你从没有送错玫瑰花，从没有！"

给竹风

让我再给你说个故事吧！竹风。

以后，每夜每夜，我将为你说许多许多的故事。

竹风，你静静地听吧！

【壹】

在初见面的一刹那，我们相对凝视，似乎都已不再能认出彼此，然后，你说："嘿，说个故事给我听吧！"

夜好深，夜好沉，夜好静谧。

天边看不到月亮，也没有星星，暗黑的穹苍广漠无边而深不可测。空中有些风，轻轻的，微微的，细细的，仅仅能让窗纱轻微地摇曳摆动。这样的夜，我独坐窗前，捧了一杯茶，烧了一点檀香。沉坐在椅子里，我看着那金色的香炉中袅袅娜娜升起的一缕烟雾，闻着那清香缭绕。呵，这样的夜！

这样的夜，我能做些什么呢？

桌上一灯荧然，绿色的小台灯，绿色的灯罩，我还是有那爱绿的老毛病。连我手里那个茶杯，也是绿色的，淡青色的细瓷上有藕荷色的小玫瑰花。小玫瑰花！像家乡那大花园中爬藤的小玫瑰花！不，那不是玫瑰，玫瑰不会爬藤，我记起你每次每次对我的更正："这不是玫瑰，这是荼蘼，记住，这是荼蘼！"

我记不住，我总是那样地认死扣，一个固执的、永不实际的小女孩，你说的。

夜好深，夜好沉，夜好静谧。

我啜了一口茶，茶是淡绿色的液体，盛在淡绿色的杯子里，像一杯液体的翡翠，有一股清清雅雅的香味。室内的窗纱静静地垂着，罩着一屋子清幽幽的宁静。呵，这样的夜，我能做些什么呢？

我又记起了你，竹风。

是的，竹风，我常常记起你。当这样的夜里，当一些晓雾迷蒙的清晨，当一些暮霭苍茫的黄昏，当一些细雨霏微的长日里……我会记起你，常常地。

记忆的最底层是什么呢？

记得我还是个很小很小的小女孩吗？常在花园中和蝴蝶追逐着，哭着要自己的肩上长出蝴蝶的翅膀，要那对"亮晶晶有银粉"的翅膀。我会缠绕在母亲的脚下，固执而吵闹地追问着："为什么你不把我生成一只蝴蝶，妈妈？为什么？"

妈妈会甩开我，瞪大了眼睛说："呵！你这个稀奇古怪的小精灵！"

于是，你来了。你牵着我的手，把我牵到花园里那一大片金盏花的花丛中，让我躺在花堆里，你用无数朵水红色的小蔷薇，穿成长长的一串，环绕在我的身上，环绕了一圈又一圈，然后，你说："噢，你看！你是个蔷薇仙子，何必羡慕那有翅膀的蝴蝶呢？"

我在花中嬉笑，你因为我的笑而嬉笑。捉住我，把我放在你的膝上，你说："告诉我，你为什么想变成一只蝴蝶？"

于是，我说了。那是我第一次说故事给你听，一个我杜撰的故事。我说：蝴蝶是个小仙人变的，她用玫瑰花做床，用星星做小灯，用露珠洗脸，用柳条儿做饰带，用银粉做衣裳……

你瞪大了眼睛听，听得那样津津有味，那样地惊讶和困惑，当我说完，你揽住我，用那样惊奇的声音喊着说："噢！你有个多么奇怪的小脑袋呀！"

接下来的岁月里，我常常说故事给你听了。在花园里的荼蘼架下，在后山坡的松林里，在小溪边的岩石上，在月光下的花棚里，你牵着我的手，静静地说："说个故事给我听吧！"

我不住地说，那些经常在我脑子里酝酿幻化滋生的故事，关于公主王子的，关于星星月亮的，关于神灵仙女的……你不厌其烦地听，从不表示厌倦，你那关怀的眼睛曾是我故事的泉源，我为你而编造故事，一个又一个。直到我离开了家乡，结束了我的童年。

当我们再相遇的时候，我已经不再是小姑娘了，童年离我已很遥远，我长发垂肩，镜子前的人影颀长。而你呢？你的女儿已经和我当年在花园中捉蝴蝶时一般大了。在初见面的一刹那，我们相对凝视，似乎都已不再能认出彼此，然后，你说："嘿，说个故事给我听吧！"

十几年的隔阂在一瞬间溜走，成长后的陌生也顿时消失无踪，往日的亲密回来了，我还是那个爱说故事的小姑娘，你仍然是那个爱倾听的大听众。

【贰】

"人生的故事原有好多种，有多少的主角会是聪明人呢！这原是个笨人的世界呵！"

然后，是另一段岁月的开始。

在那十二月的雨季里，冷风寒恻恻地吹拂着，细雨无边无际地飘洒着。你穿着深蓝色的雨衣，为我执着我那把有着绿色碎花的小伞，我们并肩走在那蒙蒙的细雨中。雨在伞上细碎地敲击，像一首好美好美的小诗。我的头靠着你的肩，你的手揽在我的腰上。雨雾苍苍茫茫地织成了好大的一片网，我们走在网中，走在雾中，走在那片苍茫里。你说："说个故事给我听吧！"

我说了，不再是公主王子的故事，不再是神仙和蝴蝶，我说了些成人的故事，因为我已经长大，也早就懂得了那份属于成人的忧郁。

在那六月的黄昏，燠热而炽烈的太阳已经被远处的山峰吞噬了，残余的彩霞却大片大片地泼洒在天际。阳光虽然隐在山峰的后面，却仍然把那些彩霞照得发光发亮，成为一片又一片，一层又一层发着亮光的嫣红。我们手牵着手，沐浴在那灿烂的霞光之下，一任那落霞将我们的发上身上染上了红光。你的眼睛在霞光下发亮，凝视着我，你静静地说："说个故事给我听吧！"

我又说了，那些在我脑中不停滋生着的故事。

秋天。秋天是为我们所热爱的。乡间有条通向山上的小径，小径边生长着无数的槭树，随着秋的脚步，槭树的叶子由绿而黄，由黄而红，由红而褐。我们喜欢在槭树夹道的小径上漫步。径上遍布着落叶，松松脆脆的，踩上去簌簌作声。我们缓缓地走过去，一步又一步。听着脚下那落叶的低吟，看着那遍山野的红叶飞舞，我们四目相瞩，宁静的欢愉从心底油然而生。偶然，我们在路边的荆棘丛中，发现了一朵白色的、小小的雏菊。看着那稚弱的小花在那粗野的荆棘中伸展着花瓣，迎着秋风微微地颤动，那情况是颇为动人的。我叹息，为那些生命的奥秘和大自然的神奇而叹息。于是，你挽住我，轻轻地说："说个故事给我听吧！"

我说了，一个美丽的小故事，关于秋风、红叶和小雏菊的故事。

春天，春天是我们所不能遗忘的。那些灿烂一片的杜鹃花都开了，粉的、白的、红的、紫的各种花瓣，迎着太阳光，闪耀着生命的光华。树梢那些嫩得可以滴水的小绿叶，草丛中那些叫不出名目来的小野花，以及天际那些薄薄的云，空中那些微微的风，甚至原野中那份淡淡的泥土的气息……每一样都让我们欢欣喜悦。我们喜欢远离城市的喧嚣，到郊外的山野里去"寻寻觅觅"。寻觅些什么呢？那不为人们所注意的地方有多少令人惊奇的美！看到一粒小小的、鲜红欲滴的果实镶在一大片绿色的羊齿植物里，会引起我一连串的欢呼。看到一只有着淡蓝色长尾巴的蜥蜴从小径上陡地窜过去，会引起我一连串的惊叹。你走在我的身边，唇边始终带着个若有若无的微笑，眼光却那样深深沉沉地追踪着我。当我的目光和你猛地相遇，你会迅速地掉开目光，很快地说："噢，说个故事给我听吧！"

于是，我再度说出一个小故事，故事里有着小红果实、小野花和无数的春天。

呵！多少多少的记忆！竹风，你说的，人的一生都是由记忆堆积出来的，美丽的记忆堆积成美丽的一生，痛苦的记忆堆积成痛苦的一生。属于我们的记忆又是怎样的呢？

台灯放射着静幽幽的光线。远远的，有只鸟儿在低鸣，你听到了吗，竹风？

夜好深，夜好沉，夜好静谧。

我再啜了一口茶。茶，这是我们两人都喜爱的，不是吗？在我那间小屋里，我们曾经静静地相对品茗，让那清清的茶叶香浮在我们之间。我也常像今夜一样，烧起一炉檀香。然后，握着茶杯，我们相对无言地看着那烟雾氤氲。那金色的有着铜狮子的香炉是你送我的，烟雾从那狮子的嘴中不断地喷出来，正是李清照所谓的"瑞脑销金兽"。于是，你又说："说个故事给我听吧！"

我说了李清照与赵明诚的故事。他们怎样地恩爱，怎样地情投意合，怎样地以茶当酒，赌记书句，而把茶泼洒在身上。你静静地听着，你的眼睛好深好深，好亮好亮，好温柔好温柔。

还有那个月夜，记得吗，竹风？

那个月夜，你派人送了一张字条给我，上面写着：

　　玉人何处梦蝶？思一见冰雪，须写个帖儿叮咛说：试
问道肯来吗？今夜小院无人，重楼有月！

好一个别致的邀请，我到了你那儿，坐在你的小院子里。院中有两棵芭蕉，月光从叶隙中筛落，筛了一地的银白。墙边栽着一排绿色开白花的草本植物，无数的流萤在那草丛中穿梭。明明灭灭，闪闪烁烁，像一盏一盏摇曳飘浮着的、小小的灯，与天际璀璨的星

光遥遥相映。月亮高而皎洁，月光清幽而温柔。星星撒满了天空，疏密有致，布成一条清晰的光带。你告诉我，那条光带叫作"银河"，你指给我看，哪一颗星星是"织女"，哪一颗星星是"牛郎"。你念了一阕前人的词给我听，关于那"牛郎"和"织女"的：

> 云疏月淡，桥成何处？应是鹊多乌少，人间夜夜共罗帏，只可惜姻缘易老。
>
> 经年恨别，秋初欢会，此夕双星怕晓，算来若不隔银河，怎见得相逢最好？

我抬着头，望着那银河，望着那两颗隔着银河的星星，然后，低下头来，我望着你。是月光染白了你的面颊吗？是星星坠落到你的眼睛里去了吗？为什么你的面色那样苍白，你的眼睛那样闪亮？我注视着你，不，是我们彼此注视。一些属于欢愉的、宁静的东西从我们的眼底悄悄地飞走，取而代之的，是某种战栗的、痉挛的、酸楚的情绪。我觉得自己的眼睛发热，我觉得那树叶上所挂着的露珠已经坠进了我的眼中，使月光下所有的景物在我眼前都变得那么朦胧。于是，你猝然地捉住我的手，用那种故作欢愉的口吻嚷着说："噢，小姑娘，说个故事给我听吧！"

我说了。我又说了。我颤抖着起了故事的头："从前，有一个很笨很笨的小女孩，她除了说故事，什么都不会。大家都不喜欢她，大家都认为她是个莫名其妙的小傻瓜。可是，却有一个比她更笨更傻的人，喜欢听她说故事。他们在月光下说故事，在落日下说故事，在树林里，小溪边，花园中……到处说着故事。说的人不知疲倦，听的人不知厌烦，然后……然后……然后……"

故事继续不下去了，这原是个笨拙开头。有什么硬的东西阻住了我的喉咙，我的呼吸急促而声音哽塞。你站起身来，一把揽住了我，你的双手捧住了我的面颊，你的眼睛深深地看进了我的眼底，你的声音又低又沉，带着些压抑不住的粗鲁："我从没听过这样坏的故事！"

"是的，"我说，眼泪冲出了我的眼眶，"这是个很坏的故事，一个没有结尾的故事。但是，你不能太苛求，两个傻瓜不会制造出什么完整的故事来！"

你的眉毛紧紧地锁拢，你的眼睛闭了起来，抱住我，你把我的头紧压在你的胸前。我可以听到你的心跳，听到那沉重呼吸在你胸腔中起伏。于是，我哭了。我啜泣得像个小娃娃。这是我第一次在你面前哭，第一次对你说了个破碎的、没有完的故事。

"呵，别哭，"你轻轻地说，"人生的故事原有好多种，有多少的主角会是聪明人呢！这原是个笨人的世界呵！"

【叁】

我仍然在说故事，说了许许多多的故事，给许许多多的人听。

月亮仍然清亮，幽幽然地照射着那小小的花园。我知道，这笨拙的故事将永无结尾。事实上，这一夜以后，我还对你说过故事吗？好像没有了。那就是我对你说的最后的一个故事。

你离开的时候，给了我一封短笺，上面只有寥寥可数的几个字：

> 避免让那个故事变得更坏，我走了。但愿再相遇的时候，你会说一个最美丽最完整的故事给我听，故事中的主角应该是个最聪明最聪明的女孩。

够了，用不着再写什么，你一向都是那样简洁。接下来的岁月里，我确实想用心地塑造一个美丽的故事，我不愿再见到你的时候，交给你的是一张白卷。只是呵，竹风，可悲的是，我仍然是那样一个很笨很笨的傻女孩。

月圆月缺，日升日沉，多少的日子从我的手底流过去了。我仍然在说故事，说了许许多多的故事，给许许多多的人听。只是呵，竹风，当这样的深夜里，当我捧着一杯茶，点燃了一炉檀香，

静静地坐在窗前，我遗憾着，你在何方呢？你依旧喜欢听故事吗，
竹风？

多少的夜，我就这样问着，站在窗前，对着黑暗的、广漠的穹
苍问着。然后，你的信来了，像是在答复我一切的问题，你写着：

　　你现在成为说故事的专家了，其中可有说给我听的故
事？自从不再见到那个只会说故事的傻女孩，我的日子是
一连串寂寞的堆积。我想你了解的。
　　继续说你的故事吧，记住有一个傻瓜要听。和以前一
样，这傻瓜渴望着你的每一个故事；完整的或不完整的，
有结局的或没结局的，他都要听！

还是那样简洁。只是，在信尾，你加了一阕词：

　　谁念西风独自凉，萧萧黄叶闭疏窗，沉思往事立残阳。
　　被酒莫惊春睡重，赌书消得泼茶香，当时只道是寻常。

是的，你没有忘记那些说故事的日子，没有忘记那些说李清照
"赌书泼茶"的夜晚。呵，竹风！

淡绿色的光线在室内照得好幽柔，微风在窗外低低地吟唱，远
处还有些疏疏落落的灯光。那只不知名的鸟儿又在叫了，叫得好抑
扬，叫得好寥落。呵！这样的夜！

这样的夜，我能做些什么呢？

让我再给你说个故事吧！竹风。以后，每夜每夜，我将为你说
许多许多的故事。竹风，你静静地听吧！

夜好深，夜好沉，夜好静谧。

静静地听吧！竹风。

静静地听吧！你。

一九六八年四月八日夜

水灵

她亭亭玉立地站在海水中，浑身像人鱼一样滴着水，

却睁着一对黑白分明的、孩子似的大眼睛，天真地望着他。

竹风，还记得我们在海边共同消磨的那些下午吗？还记得那海浪的翻腾，那海风的呼啸和那海鸥的翔翔吗？还记得那嵯峨的岩石和岩石隙缝中爬行的寄居蟹吗？还有那些浪花，白色的，一层又一层，一朵又一朵，和天空的白云相映。记得吗，竹风？那海水无边无际的蔚蓝，常常和天空那无边无际的蔚蓝相合，成为那样一片柔和舒适的蓝色氍毹，使你想在上面酣睡，想在上面打滚。记得吗，竹风？

还有那海面的落日和暮霭，还有那海边的夜景和繁星，还有那远处的归帆和暗夜中明明灭灭的渔火。都记得吗，竹风？海一向使我们沉迷，一向使我们醺然如醉，一向能将我们引进一个忘我的境界，是不，竹风？所以，今夜，让我告诉你一个关于海的故事。

【壹】

　　他深吸了口气，不由自主地对那大海伸展手臂，闭上眼睛，高声喊着说："海！洗净我吧！洗净我那满身满心灵的尘嚣吧！"

　　江宇文终于来到了那滨海的小渔村，停留在那幢简陋的小木屋之前了。

　　那正是夏日的午后，灼热的太阳毫不留情地曝晒着大地，曝晒着那小小的村庄，曝晒着裸露在海岸边的礁石和绵延的沙滩。海风干燥地掠了过来，夹带着细沙和海水的咸味。海浪拍击着岩石的声音显得单调而倦怠——整个小村庄都是倦怠的，在这燠热的夏日的骄阳之下沉睡。路边的草丛上晒着渔网，发散着浓重的鱼腥味，尼龙线编织的渔网上间或还挂着几片鱼鳞，迎着太阳光闪烁。

　　整个小村只有三四十户人家，都是同样原始的、木板的建筑，偶然有一两家围着矮矮的泥墙，墙上也挂满渔网。几乎每家的门都是半掩半闭的，你可以一直看到里面堂屋中设立的神像，和一些木板凳子，木凳上可能躺着个熟睡的孩子，或是坐着个梳着髻的老太婆，在那儿一边补着渔网，一边静静地打着盹。

　　江宇文的出现并没有惊动这沉睡着的小村庄，只有几个在门外嬉戏的孩子对他投来了好奇的一瞥，村庄睡得很熟。村里的男人都是利用夜里来捕鱼，早上归航的，所以，这正是男人们休憩的时光。

江宇文提着他的旅行袋，肩上背着他那一大捆的书籍，挨着每一户的门外，找寻着门牌号码。然后，他停在那小木屋的前面了。

和他预料的差不多，小屋显得那样地宁静和单纯。有一堵矮矮的围墙，围墙没有门，只留了一个宽宽的入口，墙里有一棵又高又大的老榕树，树根虬结地冒出了地面，树干粗而茁壮，看样子三个人也无法合抱。树枝上垂着无数的气根，迎着海风飘荡，像个庄严的老人的长须。

榕树下还有个石凳子，现在，石凳上正挺立着一只"道貌岸然"的大白公鸡，高高地昂着它那雄伟的头，它斜睨着站在围墙外的这个陌生人，有股骄傲的、自负的、不可一世的气概。石凳下面，它的"太太们"正带着一群儿女在嬉戏，倒是一幅挺美的"天伦图"。

江宇文呼出了一口气，烈日已经晒得他的头发昏，汗也湿透了背脊上的衣服。跨进了围墙的入口，他走进了那小小的院落，在那半掩半闭的门口张望了一下，门里没有人，神像前的方桌上有一束择了一半的空心菜。

他停了几秒钟，然后扬着声音喊："喂喂，有人在家吗？"

没有人出来，也没有人答应。推开了那两扇半掩的门，他走了进去，堂屋不大，水泥铺的地，木板砌的墙，倒也相当整洁。那不知名的神像前，还有残余的烟火，一缕青烟静幽幽地缭绕着。

他下意识地打量着屋子，把书籍和旅行袋都放在方桌上面。这会是一个念书和休憩的好所在，他模糊地想着，耳边又飘起李正雄的话来："别对那小屋期望过高，宇文，它不是过惯了都市生活的你所能想象的。你既然一心一意要去住一段时间，你就去住吧，反正我家里现在只有一个老姑妈在看房子，房间都空着，我又宁愿待在城里不愿回去，老姑妈是巴不得有个人去住住的。你只管去住，但是，别用你的文学头脑，把它幻想成什么海滨的别墅呵，那只是个单单调调的小渔村，一幢简简单单的小木屋，我包管你在那儿住不到一星期就会厌倦了。"

会厌倦吗？江宇文看着那神坛前袅袅上升的一缕青烟，看着屋外那棵老榕树，那灿烂一片的阳光，听着不远处那海浪的喧嚣……会厌倦吗？他不知道。但是，这儿起码不会有城市里复杂的情感纠缠和那炙心的折磨，这儿会让他恢复自信，找到那失去的自我。他将利用这段时间，好好地念一点书，弥补这两年来所荒废的学业，休养那满心灵的创痕。然后，他要振起那受伤的翅膀来，好好地飞翔，飞翔，飞得又高又远，飞给那些轻视他的人看，飞给那个"她"看。

她！他咬了一下嘴唇，咬得那样重，使他因痛楚而惊跳了起来，这才发现自己竟站在屋里出了神。跨了一大步，他伸头望向后面的房间，又扬着声音叫了一声："有人在家吗？喂喂，有人在家吗？"

这次，他的呼叫有了反应，一个老太婆踉踉跄跄地从后面跑了出来，一张满是皱纹的脸上嵌着对惊愕的眼睛，呆呆地瞪着江宇文，结舌地说着一些江宇文不能十分了解的言语。江宇文不用问，也知道她必定就是李正雄的姑母，带着个微笑，他开门见山介绍了自己："我是江宇文，李正雄告诉我，他已经跟您说过了，我要在这儿借住两个月。"

"呵呵，"老太婆恍然大悟，那脸孔上的皱纹立即都被笑容填满了，难得她竟懂得国语，想必是李正雄传授的。"呵呵，是阿雄的朋友啊，阿雄怎么没有回来？"

"他的工作离不开。"江宇文说着，心底模糊地想着李正雄，一个渔人的儿子，竟读到大学毕业，做了工程师，这简直是不可思议的。"他托我带了点钱来，"他拿出了一个信封，交给老太婆，笑着说，"里面有两千元，您点一点吧。另外呢，"他又掏出两千元来，放在方桌上，说，"这是我给您的，我在这儿住，一日三餐，总是要花钱的，所以……"

"呵呵，"老太婆叫着说，由衷地惶惑了起来，一口气交给她这么多钱，使她完全手足失措，"免啦！免啦！"她喊着，"不要拿钱呀，江先生！阿雄早就交代过啦，你就住阿雄房间，不麻烦呀，免啦！免啦……"

"收下吧，阿婆。"江宇文说，把钱塞进了那颤抖着的、粗糙的、干而瘦削的手中。"不然我就走了。"

老太婆终于收下了钱，然后，她立刻开始忙碌了起来，带着那么大的欢愉和敬意，她捧来了洗脸水，拿来了肥皂、毛巾，又急急地带江宇文走进他的房间。那原是李正雄回家时住的，显然是全屋里最好的一间，宽敞、整洁，而且还出乎意料地有纱窗和纱门，窗上还垂着粗布的窗帘。室内除了床之外，有书桌，有书橱，有衣柜，还有两张藤的躺椅。

老太婆那么忙碌和热心地更换着床上的被单和枕头套，又一再地抹拭着那原已很干净的桌椅，使江宇文都不好意思起来，经过了一番争执般的客气，老阿婆才依依地退出了那房间，跑去挖空心思地弄晚餐了。

这儿，江宇文打开了他的旅行袋，把衣服挂进了衣橱里。然后，将书籍放在书柜的空当中，文具放在桌上，他环室四顾，禁不住深深地叹息了一声。谁能料到，昨天他还在城市的灯红酒绿中挣扎，而今天，他却已遁避到这原始的小渔村来了！

走到窗子前面，他拉开了窗帘，一阵海风对他迎面扑来，带着浓重的、海的气息。他这才惊奇地发现，这扇窗竟然是面海的，站在这儿，可以一直看到那广漠无边的大海，太阳绚烂地照射着，在海面反射着无数耀目的银光。他深吸了口气，不由自主地对那大海伸展手臂，闭上眼睛，高声喊着说："海！洗净我吧！洗净我那满身满心灵的尘嚣吧！"

【贰】

他无法放弃，他永远都不会放弃，今生，来生，世世代代！

在海边的头两天，他完全没有像预期的那样念书。握着一本《世界名诗选》，他走遍了附近数英里之内的海岸线，把整个时间用来探索和找寻海的奥秘，欣赏着那海面瞬息万变的神奇。从来没有度过像这样的日子，他往往什么都不做，只是坐在一块大岩石上，瞪视着大海，一坐数小时。在那时候，他的思绪空漠，他的心灵宁静，他整个神志都陷在一种虚无的忘我的境界里。

海岸是由沙岸和岩岸混合组成的，在一段沙滩之后，必有一段嵯峨的岩石，这使海岸显得生动。岩石是形形色色的，处处遗留着海浪侵蚀的痕迹，每块石块都值得你长时间地探讨和研究。有的耸立，高入云霄，有的躺卧，广如平野。中间还掺杂着一些神秘的岩洞和缝隙，任你探索，任你流连。岩石上有无数的断痕和纹路，像个大力士雕刻家用刻刀大刀阔斧造成的，每个纹路都诉说着几千几万年来海的故事。

沙滩上的沙细而白，迎着太阳，常常闪烁发光，像许多星星被击碎在沙子里。那些沙，厚而广漠，里面嵌着无数的贝壳，大部分的贝壳都已经不再完整，却被海浪搓揉得光滑，洗涤得洁净。贝壳的颜色成千成万，白的如雪，红的如霞，紫的像夜晚来临前天空中最后一朵发亮的云。

　　海上的日出是最奇异的一瞬，数道红色的霞光镶着金色的边，首先从那黑暗的浪层中射了出来，接着，无数朵绚烂的云烘托着那一轮火似的红日，逐渐地、冉冉地、缓慢地向上升，向上升，向上升……一直升到你的眼睛再也无法直视它。而海面，却由夜色的幽暗先转为一片红浪，由一片红浪而转为蔚蓝中嵌着白色的浪花。这变化是奇异的，诱人的，让你屏息止气的。海上的夜色呢？那数不清的星星"璀璨"在高而远的天空里，海面像一块黑色的丝绒，闪烁着点点粼光，在那儿起伏着，波动着。傍晚出发的渔船在海面上布下了许许多多的渔火，他们利用灯光来引诱鱼群，那些渔火明灭在黑暗的海面，像无数灿烂的钻石，闪烁在黑色的锦缎上。海风呼啸着，海浪低吟而喘息，这样的夜是活生生的，是充满了神秘性的，是梦一般的。

　　江宇文就这样被海所吸引着、所迷惑着。早上，看海上的日出，看渔船的归航；中午，看无际的海岸线平伸到天的尽头，看孩童们在浅水的沙滩上戏水；黄昏，看落日被海浪所吞噬，看霞光把碧波染成嫣红；深夜，看星星的璀璨，看渔火的明灭。他忙碌地把自己的足迹遍印在沙滩上和岩石上，终日流连在海边的柔风里。

　　他常躺在沙滩上，一任阳光曝晒，也常坐在岩石上，一任夜雾来临。他奇异的行止曾使渔村里的老少们谈论，也曾引起一些少女的关怀，但是，除了老阿婆以外，他在渔村没有交到朋友，不同的身份，不同的教育，不同的社会经历隔开了他们，他在海岸边的影子是孤独的。可是，他并不惧怕孤独，相反地，他在享受着他的孤独。

　　就这样，到了第三天，他才振作起来，想好好地看一点书了。在日出以前，他就匆匆地起身了，吃了一点稀饭，带了本《相对论》，他走向了海边。他一直走到一块人烟稀少的、远离渔村的海岸，找到了一块岩石嵯峨的地区，然后，他在一块岩石上坐了下来，摊开了他的书本。

　　他没有即刻进入他的书本，因为海上的日出又习惯性地吸引了他的注意，他无法把天边那绚丽纷杂的彩色和相对论连在一起。用手抱住膝，他出神地看着那刺破了浪花的万道霞光，又凝视着海面及岸边的一切在日光下的转变，然后，突然间，他游移的目光被海边什么特别的东西所吸引了。

　　他正高踞在一块岩石上，在他的右下方，是一块由三面岩石一面大海围成的凹地，铺满了白色的细沙，像个被隔绝了的世外桃源。岩石与岩石之间，还有好几个洞穴，他到这儿的第一天，就曾在那沙滩上独坐久之。这儿因为距离渔村很远，所以没有丝毫人的痕迹。他曾在这儿望着落日沉没，望着晚霞铺展，因此，他给这个小沙滩取了个名字，叫它"望霞湾"，而私下把它当作属于自己的一块小天地。

　　这时，他惊奇地发现，在那望霞湾边的海浪里，正有一样白色的物体在浮沉。随着海浪的冲击，那物体时而浮上沙滩，时而漂向大海。他挺直了身子，集中了目力，对那物体望过去，在逐渐明亮的日光下，那物体也越来越清晰，于是他猛地惊跳了起来，那竟是一个人体！

　　一个人体！那简直是不可思议的事情！但是，那黑发的头颅，那白色的衣衫以及那躯体……不是人又是什么？他抛下了书本，从岩石上连滑带滚地奔向了沙滩，向那人体的方向跑去。是的，那是个人，一个女人，正仰躺在海浪里，她的身子已经搁浅在沙滩上了，海浪淹过她的身子，又退回去，她那长长的黑发铺在沙滩上。

　　他直奔过去，谁家的女孩淹死了？怎么会呢，在这人烟绝迹的地区？他踩进了海水中，顾不得脱鞋子，谁知道？说不定还可以救！海水涌上来，湿透了他的裤管，他扑过去，想抓住那女孩的衣角，但是海浪来势太猛，那女孩又迅速地被海浪卷去，他也被浪头打了个踉跄，栽进水中，弄了一身一头的海水，好不容易挣扎着站起身来，他搜寻着那女孩的身影，于是，他的惊异更大了，站在那儿，他简直呆愣愣地说不出话来了！

原来那女孩已经一挺身，从浪花里站起来了！什么淹死？什么尸体？那竟是个活生生的少女！一个躺在海浪中戏水的渔家女！这时，她亭亭玉立地站在海水中，浑身像人鱼一样滴着水，却睁着一对黑白分明的、孩子似的大眼睛，天真地望着他。

从没有这么尴尬和啼笑皆非的一刻，江宇文很有点被谁捉弄了的情绪。可是，面前这稚气未除的女孩是不会捉弄人的，是他太低估了这些渔家女孩子对于水的能耐了。她躺在海浪上，原是那样优游自在地任海浪将她的身子举起或放下，那样舒适地享受着海水的清凉。他竟可笑地把她当成了一具尸体！他不由自主地笑了起来，为自己的行为发笑，而这一笑，就有点收不住的趋势，那女孩的眼睛睁得更大了，微微地张着嘴，呆呆地望着他。

"哦，哦，对不起，"他收住了笑，慌忙对她解释说，"我以为你有什么危险呢！"

她没有回答，好像根本不太了解他的话。她穿着件白麻布的衣服，已经很旧很旧了。一件从头上套下去的长衣，说不出来是什么服式，倒很像件睡袍。这时，那衣服被水湿透了，紧贴在她那已经成熟了的躯体上。她的头发湿淋淋地披在肩上，水珠从头发里滚出来，沿着面颊滚落。她的皮肤被太阳晒成了淡淡的红褐色，满脸的水珠迎着太阳光在闪亮。那模样却是相当动人的，有一份原始的、淳朴的美。

"抱歉，你大概根本不懂国语。"江宇文喃喃地说，近乎自语。

"我懂的！"那女孩猛地开了口，还像和谁争论似的挺了挺下巴。接着，她就仿佛因为自己的开口而大吃了一惊似的，惶惑地四面张望了一下。她的眼睛大而天真，下巴尖尖的，面孔上随时都带着种近乎吃惊的表情，那样子充满了孩子气，似乎只有六七岁，但从她的身段上看，她起码有十七岁了。

"你叫什么名字？"他问，下意识地，开始觉得她有趣。

她继续望着他，又不说话了，彩霞将她的身子和面孔染红了。一阵海风吹来，她打了个寒噤，垂下了眼帘，她用赤裸的脚拨弄着海水，低低地说："海水很冷。"

她的声音轻得像耳语，她那赤裸的脚在海浪里动来动去，像一条在水中穿梭着的、白色的鱼。江宇文有些眩惑了，她身上有某种特殊的气质，他很难形容，也很难了解，却很深地感觉到。

"你叫什么名字？"他再问。

她仍然用脚拨弄着海水。

"海水很冷。"她重复地说，"海水会说话。"

"嗯？"他诧异而不解地挑起了眉梢。

她忽然抬起了头，大而天真的眸子又投向了他，接着，她就那样吃惊地一震，像是听到了什么意外的呼唤一般。甩开了他，她开始向岸上奔跑过去。江宇文不由自主地追了她两步，她钻进了一个岩石的隙缝里，就那么一闪，就看不见。江宇文走到那隙缝边，可以看到从隙缝里透过来的岩石那一面的天空，显然这儿可以穿出去，不必翻越岩石。那奇怪的女孩已经走了。

耸了耸肩，江宇文不再去注意那女孩，这只是个小小的插曲而已。他回到了岩石上面，再重新拾起那本《相对论》，打开了书本，他注视着书页上那些蟹形的文字，要用功了！他想着，前途和未来全在这些书页里，他必须利用这两个月的时间来好好地准备一下留学考试，这考试是只许成功，不能失败的。抬起头来，他一眼看到一只海鸥正迎着太阳飞去。是的，飞翔，他要飞，要飞得又高又远，飞向那高不可攀的云端，让她知道，他也不是个等闲人物！

她，这个"她"字在他心中划过去，带来一阵深深的刺痛。奇怪，在海边的头两天，他几乎完全没有想到她。而现在，这个"她"字在他心中一出现，那份平静的宁和的心情就完全丧失了。他弓起了膝，把头埋在膝上，可以感到太阳正温暖地抚着他的后颈，听着海浪拍击着礁石的声响……而涌现在他脑子里的，不是海浪，不是岩石，不是渔船……而是她，她那白皙的皮肤，她那深邃乌黑而坦率的眸子，她那份骄傲以及她那份冷漠……

"我不能嫁你，宇文，"她说，声调虽然那么轻柔，却是那么坦白和坚定，"你看，我被环境已经娇宠成这个样子了，我了解自己，我不能吃苦，不能安于贫贱……我一身都是缺点……我不能做你的妻子，放弃我吧！宇文！"

而他不能放弃，他无法放弃，他对她有种疯狂的、近乎崇拜的激情，他要她！他每根血管，每条纤维都在呐喊着要她！他无法放弃，他永远都不会放弃，今生，来生，世世代代！他让那份爱情把自己折磨得憔悴，让那份爱情把自己弄得疯狂和可笑。他可以跪在地上吻她的衣角，可以俯伏着吻她所践踏过的地方。而她呢？她走了，一声不响地飞向了海的彼岸，去追寻一个她所谓的安乐窝。

于是，他的生活破碎了，他的灵魂和意志都破碎了，他走向了歌台舞榭，他沉进了灯红酒绿……而最后，他惊异地发现：他仍然爱她！疯狂地爱她！不顾一切地要她！

所以，他带着书本，来到了海边。所以，再在岩石上展开了《相对论》——自己所选择的而从未喜爱过的课程——他要飞翔，飞得远而高，飞到她的身边去！他要成功，他要金钱和势力，他要把贫穷践踏在脚下！

太阳升高了，后颈上那温暖的抚摸变成了烧灼般的热力，他抬起头来，太阳闪烁得他睁不开眼睛。迎着阳光，在这空漠无人的海边上，他大声喊着："天！助我！助我！助我！"

【叁】

他感到一阵神思恍惚，这烛光，这岩洞，这贝壳和这奇异的少女构成了一副多么特别的画面。谁说这女孩是个人呢？她该是个从海里钻出来的幽灵！

一连好几天，他看书看得十分顺利，十分用功，也十分有收获。海边的空气和阳光对他有益，老阿婆所做的简单菜肴也对他有效，他黑了、壮了、结实了。他对自己又充满了信心，他可以看到属于自己的一片光明灿烂的远景。

这天晚上，在灯下看完了一章书，他收拾好了书本，决心到海边去走走，舒散一下被那些蟹形文字弄得相当疲劳的神经。

海边的月色很好，白昼的暑气已被夜晚的海风一卷无遗。远处地平线上散布的渔火仍然是夜色中最好的点缀，明明灭灭的，带着梦幻似的色彩，把夜弄得生动，弄得柔和。他沿着海岸线毫无目的地、慢吞吞地向前走着。海滩上只有他一个人，月光把他的影子长长地投射在沙滩上。

他走了很久，在那柔和的、海的呼吸声里，在那月亮的光晕中，在那海风的抚摸下，他的每根神经都松弛着，他的心灵陷进一种半睡眠状态的休憩中。

他什么都没想，甚至没有想到"她"。

就这样，他不知不觉地走到了望霞湾，爬上了大岩石，他居高临下地向那湾中的沙滩看去。于是，一瞬间，他被那湾内的一幅奇异的景象惊呆了。

月光将湾内那块平坦的沙滩照耀得十分清晰，那湾内并非像他所预料的那样空旷无人。在月光下，一个白色的人影正在沙滩上舞蹈，她的影子在那细细的沙上晃动，充满了某种妖异的色彩。江宇文瞪大了眼睛，惊愕得无法动弹。

这就是前几天他所碰到过的那个古怪的女孩！这时，她正一个人在月光下跳着舞，她的手时而伸向空中，时而俯向沙滩，她那黑发的头前后摆动着，海风把她的头发吹得飞舞起来。沙滩上，她的影子随着她的舞动而变幻，时而拉长，时而缩短，忽然在前，忽然在后。这景象竟使他联想起苏东坡的词句：

起舞弄清影，何似在人间？

又想起李白的句子：

我歌月徘徊，我舞影零乱。

他就站在那儿，呆呆地看着那情景，看得完全出神了。

那女孩继续舞动着，她舞得那么高兴，显然正沉溺在她自己的欢乐中，完全没有料到有个额外的观众正默默地注视她。她舞得忘我，江宇文看得也忘形了，禁不住喊了一声："好呀！真有诗情画意呢！"

那女孩猛地停住了舞动，向这岩石上望了过来，江宇文知道自己正暴露在月光之下，而且是无所遁形的。于是，他干脆滑下了岩石，向这女孩走了过来，那女孩并没有退避，只是睁大那对带着吃惊的神情的眼睛，对他一瞬也不瞬地望着。

"很对不起，"他由衷地说着，"我又破坏你的快乐了。"

那女孩没有搭话，仍然呆呆地注视着他，月光把她的脸照得非常清楚，那对黑眼珠在月光下闪着某种特殊的、奇异的光彩。她依旧穿着那件破旧的麻布衣服，肩上撕破了一块，露出了里面坚实而浑圆的肩头。衣服的下摆被海水浸湿，赤裸的脚在沙子中不安地蠕动着。

"你记得我吗？"他问。

她不语。

"你住在村上吗？"江宇文再问，指了指远处的渔村，那女孩的沉默使他多少感到有些讪讪的，他发现自己是个极不受欢迎的闯入者。

她仍然沉默着。

"好了，"江宇文自我解嘲地笑了笑，"你既然不高兴说话，我就走了。我不知道这儿是属于你的天地。"

他转身欲去，可是，那女孩陡地开了口。"对了，你是那个说国语的人！"她轻轻地说，似乎这时才想起他是谁。

他回过身子来，高兴地说："是，你想起来了。我姓江，江宇文，你呢？"

她低头用脚拨着沙子，文不对题地说："我在看我的影子，我动，影子也会动。"

"哦？"江宇文又奇怪地看着她，这是什么意思呢？一个在月光下玩影子的渔家女！他蹙起了眉头，研究地看着面前的这个女孩。这时，她微俯着头，脸上有种专注的神色，她像在沉思什么，睫毛半垂。

"你天天到这儿来的吗？"他又问。

"听！"她低喊着，"海在说话！"

他又愣了愣。看到她那副专注的神情，他也不由自主地倾听起来。海风在呼啸，海水在澎湃，那些海浪此起彼落地喧嚣，和空中穿梭流荡的风声相和，是一支歌，是一组乐曲，是无数的低语的组合。

"哦。"他应着，开始感到这少女的话有她的意义，这岂不神奇！是的，海在说话，它在诉说着无数无数的言语，从天地初开之日起，它就开始它漫长的诉说了。谁有情致去听海的诉说呢？一个衣衫褴褛的渔家少女吗？他凝视着面前那单纯得近乎天真的女孩，不由自主地迷糊了，眩惑了。"是的，海在说话。"他喃喃地说。

"你听到了吗？"那少女迅速地抬起头来，满脸涌现着一份难言的喜悦，她的眼睛突然焕发出那样的光彩来，使她那淳朴的脸显得美丽。"你也听到了吗？"她追问着，带着迫不及待的期盼，"你也听到了吗？"

"是的，我听到了，"他热心地回答，感染了这少女的狂热，"海在说话。"

"那——海是真的在说话了？"她胜利而喜悦地喊着，"他们还说我是傻瓜！"

"哦，是吗？"江宇文望着她，有点了解了，"他们说你？"

"他们说我傻！"她低低地说，有些羞涩，有些沮丧。"说我的脑子有病……但是，海是真的在说话，是吗？"她重新提起兴致来。

"是的，它不只说，它还会唱歌，会哭，也会笑，会吵，也会闹。"

她微侧着头，狂喜地凝视着他，眼里闪耀着一种近乎崇拜的光芒。然后，她忘形地一把抓住了他的手，她的手细小而清凉，手指却很有力。她那薄薄的嘴唇微张着，喜悦的笑影从她的嘴角漾开，一直散布到她的眼底眉梢。她轻轻地说："跟我来！"

拉住他，她向岸上的岩石走去，江宇文不由自主地跟随着她走去，她不时回过头来，对他微微一笑。月光涂抹在她的身上，手上，头发上，面颊上，增加了一份飘逸，使她看起来如虚如幻。江宇文心中突然涌起一阵可笑的感觉，这是在做什么呢？可是，在那可笑的感觉以外，他还另外有种模糊的，梦样的不真实感。这女孩，从月光下的舞蹈，到关于"海会说话"的对白，她岂止像外表那样单纯？这不是个海中的女神、仙子、幽灵，或鬼魂？

他看着她，在海风下她的长发飘飞，衣袂翩然，他的不真实感更重了。

到了岩石旁边，她牵着他走进了岩石的阴影里，江宇文忽然感到一份沁人心脾的阴凉，同时，面前成了一片黑暗，他们走进了一条岩石的隙缝，显然，这就是上次她所消失的地方。接着，她低声说："小心！"

弯下腰，她向右边一拐，江宇文的头差点撞在岩石上，于是，他惊奇地发现，在这岩壁上竟有一个岩洞，入口处很狭窄，假如你不细心观察，是绝不会发现的。弯着腰，他跟随她钻到一片黑暗中，月光被遗留在洞外了，这儿伸手不见五指，包围着他的是浓浓的黑暗和潮湿的、凉凉的空气。

"别动呵！"

她在他身边说，放开了牵着他的手。他听到她走动的窸窣声，接着，一声划火柴的声响，他看到了她站在岩壁之前，手里拿着一根燃着的火柴，在那岩壁的凹处，有支燃烧得只剩了短短一截的蜡烛。她点燃了蜡烛，然后用种胜利的、骄傲的神态说："你看！"

他四面环顾，一时间，在巨大的惊愕之下，他竟愣愣地不知道该说什么了。在烛火的光晕中，岩洞中的一切都很清晰。这只是个小小的岩洞，却整理得十分干净。使他惊愕的，是岩洞里的布置。地上铺满了白色和紫色的小贝壳，那么厚厚的一层，不知是多少年月不断收集而成的，全是同一类型的，小小的，都洗涤得光亮莹洁。墙上，在那些凹凸不平的岩石上面，都嵌着一些令人眩惑的、海洋的产物，一树美丽的白珊瑚，一只大大的海螺，或是一串串由破碎的小贝壳穿成的珠帘。这还罢了，更让他咋舌的，是在一边的岩壁上，垂着一面白色尼龙线的渔网，在那网上，嵌着好几个海星，成为一件离奇而美丽的装饰品。烛光下，这一切都披上了一层梦幻的彩衣，那些贝壳闪着光，白的如雪，红的如霞，紫色的像夜晚天空中最后一朵发亮的云。江宇文屏息凝神地看着这一切，恍惚地感到自己被引进了《基督山伯爵》中那个神秘的宝窟里了。

"好吗？"她站在他的面前，昂着头问，"这是我的！所有东西，都是我的！"

"是你布置的？你捡来的贝壳？"江宇文不信任地问，迷惑地看着面前那少女的面庞，烛光照亮了她那如水的黑眸，她虚幻得像个水中的精灵。

"是的，都是我的！都是的！"她伸展着双臂，毫不造作地在洞内旋转，嘴里歌唱似的嚷着，"都是我的！都是我的！"

"你多么富有呵！"江宇文慨叹地、由衷地说，被迷惑得更深了。

"来！"她停止了旋转，忽然拉住他说，"躺下来！"她首先躺了下去，平躺在那贝壳的氍毹上，伸展着她的手。她的脸孔发着光。"躺下来，听一听！"

他被催眠似的听话，身不由己地躺在那凉凉的贝壳上面。

"你听！"她轻声说，"海在说话，它说了好多好多话，你听！它不停地说，不停地唱，它从来不累，从来不休息。"

是的，从这岩洞里，仍然可以清晰地听到海浪的低语，海风的轻唱。那此起彼落的潮声，时而高歌，时而细语，时而凝噎，通宵达旦，由昼而夜，没完没了，无休无止。

一段静静的沉默之后，他坐起身来，回到现实中来了。望着那张正一心一意倾听的脸庞，他说："夜很深了。"

那女孩不语，继续倾听着。

"喂！"江宇文轻轻地摇了摇她的肩头，"你难道不回家？你的父母会着急，起来，让我送你回去吧！"

她侧过头来望着他，眼睛大而天真。

"你说什么？"她问。

"回家！"江宇文说，"夜很深了，你该回去了，岩洞里太凉，在这儿睡觉会生病。"

她摇摇头，微笑地看着他，没有说话。

"听到了吗？"江宇文有些不耐烦了，"走吧！"

她再摇摇头。

"喂！"江宇文忍耐地注视着她，"你到底是哪一家的女孩子？你姓什么？你的家在哪儿？"

她继续对他微笑着摇摇头。

"好！"江宇文站起身来，走向洞口，"假如你不回去，我可要走了。你就一个人留在这洞里吧！"

她对他的威胁似乎毫不在意，仍然那样笑容可掬地，安安静静地望着他。他走到了洞口，再回头望望那个奇怪的女孩，她躺在烛光之下，贝壳之上。孤独、宁静，而恬然。他感到一阵神思恍惚，这烛光，这岩洞，这贝壳和这奇异的少女构成了一副多么特别的画面。谁说这女孩是个人呢？她该是个从海里钻出来的幽灵！

半晌，这少女仍没有离去的意思，江宇文没有耐心等她了。甩了甩头,他向洞外走去,管她呢! 这个陌生的女孩与他有什么相干?要他来代她操心! 可是,到了洞外,他又停住了,不能这样丢下她!在这黑暗无人的岩洞里,这样是残忍的! 他折回了洞里,一直走到那女孩的身边,弯下腰,他抓住了那女孩的胳膊。

"起来!"他命令地说。

"啊?"她惊奇地看着他。

"起来! 我们走!"

她没有反抗,很顺从地站起来了。

"好了,别和我淘气,"他哄孩子似的说,"跟我回村里去!"

吹灭了蜡烛,他牵着那少女走出了岩洞,她很温顺地跟着他,丝毫都不给他惹麻烦。就这样,他们沿着海岸走回了村里。因为不知道那女孩的家在何处,他只好把她带到自己的住处。叫开了门,老阿婆惊奇地喊着:"海莲!"

"海莲?"江宇文扬了扬眉毛,"这是她的名字吗? 你看,我在海边'捡'到了她! 阿婆,你最好送她回家去,即使是渔村里,女孩子半夜三更在外面游荡总是不对的,你送她回家吧!"

"她——她没有家呀!"老阿婆说。

"什么?"江宇文愣住了,"没有家?"

"她的父亲十年前去打鱼,就没有回来过,"老阿婆解释说,"她妈五年前生病也死掉了,她家的房子早就被张阿土买去了,所以,她根本没有家。"

"那——那——"江宇文皱着眉说,"你们村子里的人就让她这样自生自灭的吗?"

老阿婆不懂什么叫"自生自灭",但她很容易看出江宇文的满脸愤慨和不平。摊了摊手,她艰难地想把这其中缘故说个清楚:"不是不管她,先生,你不知道她——她——她——"老阿婆看了看那少女，又摊了摊手，说，"她原是个蛮聪明的女孩，她妈生她的时候，梦到了一朵莲花漂在海上，所以给她取名字叫海莲，从小她就长得好，又聪明，全村人都喜欢她，她还读过书，读到小学毕业呢！可怜，十二岁那年，她生了一场病，好了之后，脑筋就不清楚了，一天到晚自说自唱的，阿雄说这叫作白——白——"

"白痴？"江宇文接口。

"对了，白痴！"老阿婆笑了笑，露出嘴中残缺的牙齿，"村里人都想管她，不过她总是跑走，常常找不到人，饿了才会来找吃的，大家拿她没办法，只有看到她的时候，就给她点东西吃，给她点衣服穿！"

"哦！"江宇文应了一声，觉得胃里很不舒服，转头再去看那个海莲，她正安安静静地站在那儿，脸上仍然带着恬然的微笑，眼睛温温柔柔地望着他。对于他和老阿婆的这篇谈话，她完全无动于衷，好像根本不知道他们谈论的是她自己。

"哦，"江宇文又哦了一声，对老阿婆说，"那么，我把她交给你吧！看样子，她需要一番梳洗，换件衣服，和——好好地给她吃一顿！"

转过身子，他走进了自己的房间，和衣倒在床上，他思绪飘浮，心情迷乱，他无法分析自己的情绪，可是，他觉得有份凄凉，有份怆恻，有份莫名其妙的、说不出缘由的沮丧。

【肆】

海莲的面孔发光，眼睛发亮，无尽的喜悦流转在她的脸上、身上和眼睛里。

早晨，江宇文胁下夹着书，走出了房子，想到海边去找个清静的地方看书，刚刚走到院子里，就一眼看到了海莲，她坐在那棵老榕树下的石凳上，静静地对着树下的大白公鸡出神。她的头发梳洗过了，乌黑而光亮地披在肩上，衬托着她那张健康而发亮的脸庞，显得颇有生气。老阿婆已经给她换了一件衣服，一件本来可能是红色或粉红色花，现在已洗成灰白色的连衫裙。衣服太大了，极不合身，套在她的身上，晃晃荡荡的，看起来十分可笑。可是，她那样干干净净地坐在朝霞之下，样子却很动人。

"嘿！海莲！"他走过去，温和而含笑地招呼她。

她迅速地回过头来，眼睛发亮。

"噢，说国语的人！"她用充满了喜悦的声音叫着，"我正等你呢！"

"说国语的人？"江宇文的眉头皱了皱，"这实在不是个好称呼，叫我江宇文吧，江宇文，记得住吗？我告诉过你好几次了。"

她笑容可掬地望着他。

"江宇文，记住了吗？念一念给我听听！"

"江——宇——文。"她像孩子学念书似的学着。

"对了。"江宇文笑笑，把书本抱在胸前，对她鼓励地点了点头。白痴？谁说这孩子是个白痴呢？她并不笨呵。转过身子，他准备离去了，按进度，他今天一定要看完《量子力学》才行，并且背熟全部的公式。不再顾及海莲，他向院门走去。可是，才走了两三步，他听到身后一连串的呼喊："等等！说国语的人！等等！等等！"

又是"说国语的人"！他站住了，回过头来，海莲正连跑带跳地追了过来，笑嘻嘻地站在他面前。

"去洞那里，好吗？"她问，满脸期盼的神色。

江宇文扬了扬眉毛，要拒绝这天真的女孩几乎是不可能的。而望霞湾未必不是个看书的好地方，也罢！就去那儿吧！他对海莲含笑地点了点头。

于是，他们到了望霞湾。

坐在那雪白的沙滩上，江宇文望着太阳升高，听着海潮澎湃，一时间，他没有展开书本的情绪。海莲正在海岸边的浅水中拾贝壳，像小女孩一样，她用裙子兜了一衣兜的贝壳，不论整的碎的，她都拾了起来放在衣兜里。弯着腰，她那长发垂着，罩住了她的脸，风又把她的头发吹得飘了起来。她不时回过头来，对江宇文嫣然而笑，那对发亮的眼睛被发丝半遮半掩着，别有一种情致。江宇文不由自主地跟着微笑起来，心中充溢着一份难言的温柔。

过了一会儿，她站直身子，向他跑了过去。跪在他的面前，她把一衣兜贝壳抖落在他面前的沙滩上，那是五颜六色的一大堆，各式各样的，她笑着说："你看！"

他拾起了一粒浅紫色的，拂去了它上面的细沙，让它躺在他的掌中，那小小的贝壳在他掌里颤动，上面仍有着海水，水光迎着太阳闪烁。他摇动着手掌，让那粒贝壳在他掌心中旋转，她跪在一边，带着种虔诚的神情，望着他手里的贝壳。然后，她轻轻地说："这是海的孩子。"

"嗯?"江宇文望着她。

"海的孩子。"她重复着,捧起了一大把贝壳,再让它们从她掌中滑下去,"海有好多好多的孩子,它们到处漂,漂到沙滩上,就回不去了。它们就被太阳晒死,成千成万的,像这样……"她的声音有些震颤,捧起了一把贝壳,她呆呆地凝视着它们。江宇文惊奇地看着她,他那样讶异,因为她眼里竟充满了泪光。这是怎样一个生长在童话故事中的女孩!"我天天来找它们,给它们一个家。"她继续说,叹息了一声,"它们好美,不是吗?"

"是的。"江宇文说。

她在他身边坐了下来,面对着大海,她的眼睛蒙蒙眬眬地凝注在海面上。

"我常常这样看着海,"她轻轻地说,"海有的时候好和气,好安静,静得让我想躺在上面睡觉。有时候,它又会变得好凶,好厉害……就像它带走爸爸的那天晚上……"

"爸爸?"江宇文盯着她,她并不是没有记忆和思想呵!"你还记得你爸爸吗?"

"是的。"她说,于是,她低声地念起一段数年前小学教科书上的课文:

> 天这么黑,
> 风这么大,
> 爸爸捕鱼去,
> 为什么还不回家?

念完,她的头伏倒在她弓起的膝上,突然啜泣了起来,江宇文出乎本能地,一把揽住了她。他把她的头压在他的胸前,拍抚着她的背脊，嘴里喃喃地安慰着："噢，海莲！可怜的海莲，别哭，别哭呵，让我讲一个故事给你听！"

海莲伏在他胸前，那样轻声而细碎地啜泣着，她的身子在他怀抱中颤动，像个受了委屈的小娃娃，那模样是可怜兮兮的。可是，听到江宇文的话后，她几乎立即就把头抬起来了，泪水洗亮了她的眼睛和面颊。

"什么故事？"她孩子气地问。

"来，坐好，让我来讲给你听！"他把她拉到身边坐下，用手揽着她的肩头。"从前，海有一个女儿，"他顺口编造着，注视着海面，"她是个非常美丽的小东西。她常常变幻成各种形态，一条小鱼，一个小海星，一只寄居蟹或是别的东西，在水中到处游玩嬉戏。有时，她也变成一颗美丽的小水珠，浮到海面上来，去偷看陆地上的人在做什么。她看到陆地上的人穿着衣服，跑来跑去，又会笑，又会闹，又会唱歌，她觉得非常有趣。于是她想，如果我能变成一个人，又有多好呢！这样，有一天，当她又变成一簇小水珠浮在海面上的时候，被一个渔夫的妻子看到了，那正是晚霞满天的时候，霞光把那簇小水珠染红了，像一朵小小的莲花，那渔夫的妻子叫着说：'多美的莲花呵！'她伸手把那簇小水珠捞了起来。于是，这海的女儿就乘势钻进了她的怀中，投生做了她的女儿。这渔夫的妻子生下个非常美丽的小娃娃，给她取了个名字，叫作海莲。"

海莲的大眼睛一瞬也不瞬地盯着江宇文，听他讲到这儿，她似乎明白了，一个羞涩的笑浮上了她的嘴角，她的泪痕已经干了。

于是，江宇文跳了起来，笑着说："来吧！让我们把这些贝壳送进你那个基督山岩洞去！"

海莲的兴致立刻被提了起来，站起身子，她用衣兜装了贝壳，那样兴高采烈地和江宇文走入了岩洞，他们点燃了蜡烛，细心地擦亮了那些贝壳，再将它们铺在地上。海莲的面孔发光，眼睛发亮，无尽的喜悦流转在她的脸上、身上和眼睛里。

【伍】

他凝视着海莲，在落日的霞光下，她那丝毫没有经过人工修饰的脸庞，闪耀着动人的光彩。

许多个日子流逝在海边的日出日沉、潮生潮落之中了。

江宇文忽然惊奇地发现，海莲竟成了他的影子，无论他走到哪儿，海莲总是跟在他的身边。当他埋头在书本里的时候，当他热衷于功课的时候，她就安安静静地在一边拾着贝壳。当他放下了书本，她就喜悦地向他诉说着海的秘密。他不知不觉地和她打发了许多的时光，在沙滩上，在岩石边，在那燃着烛光的洞穴里。他发现自己很喜欢听她说话，那些似乎是很幼稚又似乎深奥无穷的言语。他常常因为她的话而迷惑，而惊讶，而陷入深深的沉思里。

一次，他们共同坐在望霞湾中看落日，海莲忽然说："海多么奇怪呵！"

"怎么？"他问。

"你看，村里的人都靠海生活，他们打鱼，海里的鱼永远打不完，海造出来的，海造出好多鱼啦，蟹啦，蚌壳啦……我们就被海养着。可是，有一天，海生气了，它就把渔船毁掉，把人卷走……海，多奇怪呵！"

江宇文怔住了，是的，海制造生命，滋生生命，它也吞噬生命。

它是最坚强的，也是最柔弱的，它是最美丽的，也是最凶悍的……他凝视着海，困惑了，迷糊了。再看着海莲，他问："你喜欢海，还是不喜欢海呢？"

"喜欢！"海莲毫不犹豫地回答。

"为什么呢？"

"它是那么……那么大呵！"海莲用手比着，眼里闪耀着崇拜的光彩，注视着那浩瀚无边的海面，"它会说话，会唱歌，也会生气，会吼，会叫，会大吵大闹……它多么大呵！"

她的句子用得很单纯，没有经过思索，也没有经过整理。但是，江宇文觉得她所说的那个"大"字，包含的意思是一种力量，一种权威，一种凡人不能控制、不能抗拒，也不能探测的神威。而那些说话、唱歌、生气的句子，莫非指海的"真实"？是的，海是真实的，毫不造作的，它美得自然，它温柔得自然，它剽悍得同样自然。谁真心地研究过海？谁真正地了解过海？他凝视着海莲，在落日的霞光下，她那丝毫没有经过人工修饰的脸庞，闪耀着动人的光彩。她的皮肤红润，她的眼睛清亮，她的肌肉结实……

他一瞬也不瞬地盯着她，嘴里喃喃地喊着："你是谁？难道真是海的女儿吗？是天地孕育的水中精灵吗？你身上怎会有这么多奇异的、发掘不完的宝藏？谁说你是个白痴呢？你浑身闪现的灵气，岂是一个凡人所能了解的呢？"于是，他模糊地想，所谓"白痴"，是不是正是凡人所不能了解的人物，他们生活在自己的境界里，那境界可能美丽得出奇，可能是五彩缤纷的。说不定一个真正的白痴却是个真正的聪明人呢！

就这样，他消磨在海边的日子里，海莲竟占着绝大部分时间。晚上，她也开始跟着他回到李正雄的家里，连老阿婆都惊奇地说："海莲好像慢慢好起来了呢！江先生，你是怎样医治她的呀？"江宇文哑然失笑，海莲又何尝需要医治呢？或者，需要医治的是他，而她才是那个医生呢！因为，他从没有像这两天这样心情平和而宁静。

到海边的第三个星期，他忽然接到了一封李正雄从城里转来给他的信，一看到信封上的字迹，他就禁不住心脏的狂跳和血液的沸腾。那是她！那个已远在异域找寻安乐窝的她！他迫不及待地拆开了信封，一张四寸照片落了下来，他拾起照片，照片中的女人含笑而立，那明眸皓齿，那雍容华丽……那个他时时刻刻不能遗忘的她呵！他喘息着闭上了眼睛，把那张照片拿到唇边去深深地吻着，然后，他再去看那信的内容。

信里面说："……听说你也准备到这儿来了，我多高兴！这儿有你料想不到的物质享受和繁华，你继续努力吧，追寻吧！假如你真能到这儿来给我设立一个温柔的小窝，我将等待着……"

他抛下信笺，狂喜地在屋子里旋转，捧着那张照片，他用眼泪和无数的吻盖在它的上面，像疯子一样地雀跃欢腾。然后，静下来算算日子，离留学考试的时间已经只有一个月了，他不禁惋惜着那些和海莲所荒废掉的时光。摊开信纸，他刻不容缓地要给她写回信。可是，一声门响，海莲笑靥迎人地站在门前。"去海边吗？去拾贝壳！"她歪着头问，满脸天真的期盼。

"呵，不，今天不去！"他说，走到门边来，把她轻轻地推出门外，"现在，我要写信，别来烦我，好吗？"他温和地说着，关上了房门。

三小时以后，当他握着信封，走出房门，他竟一眼看到海莲，呆呆地坐在他的门槛上，用双手托着下巴发愣。他不禁怔了一下，说："怎么，海莲？你一直没有走开？"

"我等你，"海莲站起身来，依然笑靥迎人，"现在，去海边吗？去拾贝壳！"她问，还是那样天真地微歪着头。

"呵，海莲，"他皱了一下眉头，困难地说，"我今天不去海边，我有许多事情要做，你自己去玩吧。以后，我也不能这样天天陪你了，我有自己的事情，自己的前途，没多久，我就会离开这儿，然后，可能不再回来……"他顿了顿，"懂吗，海莲？"

海莲用那对天真而坦白的眸子望着他。

"不懂吗？"江宇文无奈地笑笑，"好了，去吧！海莲，去玩你自己的吧！"

他走开了，去寄掉了信。回到小屋来，他发现海莲仍然站在他的房门口，脸上有种萧索的、无助的神情，好像不知道该做什么好。一眼看到了他，她的脸上立刻又焕发出光彩来，眼睛重新变得明亮了，微侧着头，她笑容可掬地说："去海边吗？去拾贝壳！"

"哦！海莲，你怎么搞的？"江宇文忍耐地说，却无法用呵责的口气，因为海莲那副模样，是让人不忍呵责的。"我告诉过你了，我今天不去海边了，我要好好地念一点书，再过不久我就要走了，懂吗？你不能变得如此依赖我呵！"

海莲怪天真地看着他。

"好了，去吧。"他拍了拍她的肩头，然后自顾自地走进了房间，关上了房门。他一直到晚上才走出房间，当他看到海莲依旧坐在他房间的门槛上时，他是那样地惊异和不知所措，尤其，当那孩子抬起一对略带畏缩的眸子来看他，不再笑容可掬，而用毫无把握的、怯生生的声音说："去海边吗？去拾贝壳！"

那时候，他心里竟猛烈地激荡了一下，顿时，一种不忍的、感动的、歉疚的情绪抓住了他，为了掩饰这种情绪，他用力咳了一声说："咳！你这个固执的小东西！好了！我屈服了！"他拉住她的手，"走吧！我们去海边，去拾贝壳！"

海莲欢呼了一声，跳了起来，她显得那样狂喜和欢乐，竟使江宇文感到满心酸楚。他们奔向了海边，手牵着手，沿着海岸跑着，一直跑到了那个属于他们的望霞湾。

月光很好，湾内宁静得一如往常。江宇文的双手握着她的双手，他们笑着，喊着，在湾内绕着圈圈。海莲不停地笑，笑得像一个小孩，这感染了江宇文，他也笑，一面拼命地旋转，旋转，旋转……一直转得两个人都头晕了，他们跌倒在沙滩上。海莲仍然在笑，在喘息，发丝拂了满脸。江宇文伏在沙上望着她，望着她那明亮的眼睛，望着她那颤动的嘴唇，然后，不知怎的，他的头对她俯了过去，他的嘴唇盖上了她的……

忽然间，他惊跳了起来，他发觉她的手紧箍着他的颈项，她的身子瘫软如棉。他挣扎地费力地拉开了她的手，喘息着站起身来，心里在强烈地自责：怎么回事？自己是疯了，还是丧失了理智？怎么会发生这样的事情？

海莲仍然躺在沙上，她的四肢软软地伸展着，脸上有着奇异的光，眼睛半睁半闭地仰视着他，浑身充满了一份原始的、女性的、诱惑的美。

"水灵！"他喃喃地念着，"你蛊惑我！"

抛开她，他大踏步地跑开，翻过了岩石，他头也不回地奔回了住处，一口气跑进了房间。他关上了房门，立即拿起早上收到的那张照片，他把照片放在床上，自己在照片前面跪了下来，不断地喊着说："原谅我！原谅我！原谅我！"

夜里，他决定了，他必须马上离去，以免做出更大的错事来。第二天，天还没有亮，他就悄悄地走了，临行前，他没有再看到海莲。

【陆】

海在他们的身边唱着歌，一支好美丽好美丽的歌。月光静静地
笼罩着他们，一幅好美丽好美丽的画。

回到了都市里，江宇文立即被一片喧嚣的人群和穿梭不停的街
车吞噬了。他发现那些匆忙的行人，那些飞驰的车辆，那些闪亮热
闹的霓虹灯和那些商店中五颜六色的橱窗，对他而言都变得无比无
比地陌生了。不只陌生，而且是令人心慌、令人紧张、令人不安的。
这和海边的日落和日出，渔火和繁星距离得太遥远了，遥远得让他
无法习惯也无法接受了。他像逃避什么似的在街上行走，像被什么
恶劣可怕的东西追赶一般，迫不及待地要把自己藏起来。

一连数日，他那迷失和慌乱的感觉始终有增无减，在迷失与慌
乱的感觉以外，他还有种茫然的、不安的和若有所失的感觉。他发
现自己无法看书，无法工作，无法吃饭，也无法睡觉，甚至，他最
后竟觉得自己根本不会生活了。闭上眼睛，他看到的是海边的落日
和黄昏，睁开眼睛，他看到的是海边的日出和清晨。他的耳边，终
日响着的是海风的吟唱和海浪的低唱，脑子里一连串叠印着出现的，
是海边的岩洞和贝壳。他挣扎不出萦绕着他的海的气息，摆脱不开
那份强烈的、对于海的思念。他看什么都不顺眼，他听什么都不入
耳，整日整夜，他心神恍惚，看到的全是一幅幅海边的情景，听到

的全是一声声海浪的澎湃。还有那月光下的沙滩，以及沙滩上那个像水中的精灵般舞蹈着的人影。

"水灵，"他喃喃地自语，"那个水灵，她有多大的蛊惑力和魅力！"

摇摇头，他强迫着自己不再去想这些事，摊开了《相对论》，摊开了《量子力学》，摊开了《固态物理》……他强迫自己把注意力放在书本上。但是，没有用，书本里的那些文字变得如此艰深，那些公式变得如此晦涩，他完全没有办法集中思想。于是，他愤怒地站起身来，绕室疾行。然后，他找出了那个"她"的照片，用镜框配着，放在自己的眼前，凝视着照片，他生气地对自己说："看吧！江宇文，这个你梦寐以求的女孩子正等待着你去为她建造一个安乐窝！努力吧！念书吧！去创造你的前途和未来吧！不要再昏头昏脑地发傻劲了！"

可是，这照片也失去了它的力量。他注意着照片，总觉得这照片有什么不对头的地方。最后，他发现了，那镜框里的面孔并非那个"她"，而是睁着一对天真的眼睛，对他默默地凝视着的海莲！

"我疯了！"他想，"我真的是着了魔！"

摔开照片，他扑在桌上，用手紧紧地抱着头。

李正雄对于他的突然归来并不感到意外，看到了他笑着说："我知道你一定住不久，你会受不了那儿的枯寂和单调！"

"枯寂！单调！谁说那儿枯寂和单调！"江宇文热烈地嚷着，"在那儿，你永不会觉得枯寂和单调，日出日沉，潮生潮落，海边有你看不完的景致。夜里，海会对你说话，对你唱歌，对你讲故事。那些海的孩子——我指的是贝壳——等着你去为它们安排一个家。那些海的女儿，变成了无数的小水珠，浮在海面上……"

"你在说些什么呵！"李正雄惊愕地望着他，"你对海着了迷吗？

你说的话像个白痴！"

像个白痴？江宇文浑身一震，这句话提醒了他什么，他猛然间发现自己竟运用了海莲的话，并且自然而然地有了她的思想。难道"白痴"这种疾病也是传染的吗？他愣愣地瞪视着窗外，半晌，才低低地说："可能我也成白痴了，因为白痴的世界比较美丽！"

"我不懂你在说什么！"李正雄说。

"你不懂吗？"他微微一笑，心底忽然涌起一份莫名的怅惘，"可是，有个人会懂的，那个水边的小精灵，那个海的女儿。她懂的。"

于是这夜，他辗转难眠。他不住地看到海莲，那个用对天真的眸子望着他、笑容可掬地央求着的女孩："去海边吗？去拾贝壳！"

他翻身，海莲仍然在说："去海边吗？去拾贝壳！"

他用棉被蒙住头，海莲仍然在说："去海边吗？去拾贝壳！"

他把脸埋进枕头里，海莲还是在说："去海边吗？去拾贝壳！"

他从床上跳了起来，忍不住大声地喊着："海莲！"

这一声呼唤既出，他就愣住了。用手抱住膝，他在床上一直坐到天亮。心里涌塞着一份难言的、酸酸楚楚的感情，里面带着浓浓的思念和淡淡的沮丧。

"回海边去？回海边去？回海边去？"这念头终日在他的脑子里徘徊。海，带着强大的力量在呼唤着他，一声又一声地呼唤着他，他听着那呼唤，一声比一声强，一声比一声大，一声比一声猛烈。但是，他仍然在挣扎，在抗拒，在退缩，抱着桌上的照片，他把它当作护身符般放在胸前，用来抵抗海的呼唤。

"你救救我吧！"他对照片里的那个她说，"救救我！救救我！"于是，午后，他收到了她来自异域的信，打开来，粉红色的信笺上有着法国高级香水味，娟秀的字迹优美整齐：

　　……如果你考上了留美，大概九月就可以来了，我会很高兴地接待你。我现在生活得很舒适，常常和许多朋友去夜总会跳舞，你来了，可以加入我们一块儿玩……再有，来的时候，帮我带一粒钻石来，要大的，台湾的钻石比这儿的便宜多了，不过，这并不表示我愿意嫁你，我还想多玩几年，多享受几年，你会愿意等的，不是吗？……

　　信纸从他的手里滑落到地上，他默默良久。然后，逐渐地，逐渐地，他感到一种崭新的感觉流进了他的血管，他闻到的，不再是法国的高级香水味，而是海水的咸味，混合了岩石与沙子的气息。他心中的郁结忽然开朗了，奇迹般地豁然开朗了。他眼前是一片明亮的广阔的海潮，他的心在喜悦地跳动，他的血液在热烈地奔流。

　　"解脱了！"他脱口高呼，"解脱了！"他惊奇而狂喜地高呼。解脱了！多年的枷锁和心灵上的压迫在一刹那间解脱了！他冲到了屋外，他跳跃，他旋转，他高歌。然后，他浑身每个细胞，每根纤维，每滴血都开始呼喊："海莲！海莲！海莲！"

　　他一口气跑到了李正雄那儿，带着自己也不了解的兴奋，抖出了他积蓄已久为了去美国准备的全部费用，迫不及待地说："这够不够购买你海边的小木屋？"

　　"你疯了！"李正雄嚷着说，"你要购买那栋破房子做什么？你明知道那根本不值钱！"

　　"那是座皇宫！"江宇文笑着喊，声音里夹带着数不尽的兴奋，"一座为海的女儿和驸马爷所准备的皇宫！"

　　"你说些什么？你成白痴了吗？"

　　"是的！"江宇文笑得更高兴了，"我是白痴，好可惜，我到今天才发现我是白痴，我必须去找寻我的同类！"他笑着，一面向屋外冲去。

"喂喂,你去哪儿?"李正雄追着嚷。

"去海边!"

"什么时候回来?"

"再也不回来了!"

"那么,你的留美考试呢?你的她呢?"

"我的她在海边,"他站住,笑容可掬地说,"她正等着我陪她去拾贝壳。至于另外那一个在国外的她,她不需要我,她有许多另一类型的白痴包围着,给她金银珠宝,给她物质繁华,给她大粒的钻石。"

他走了,他头也不回地走了。当天晚上,他就回到了那滨海的小渔村,回到了那小木屋前面。

抓住了那惊喜交集的老阿婆,他嚷着问:"海莲呢?"

"她跑走了。"老阿婆说,"你走的头几天,她就傻傻地坐在你房间的门槛上,一动也不动。后来她就跑走了,不知道跑到哪里去了,我已经有三天没有看到她了!"

江宇文丢开了老阿婆,掉转身子,他向着海边狂奔,他知道她在什么地方,他跑着,不顾一切地跑着,沿着海岸线向前跑,嘴里大声地喊着:"海莲!"

"海莲!"

"海莲!"

他一直跑向了望霞湾,爬上了岩石,他不住口地喊:"海莲!海莲!海莲!"

于是,他看到海莲了,她正从那岩石的隙缝里爬出来,困难地抬头看他,由于饥饿,由于衰弱,她站起来又跌倒,跌倒了又挣扎着站起来……江宇文连滚带滑地从岩石上溜了下去,迅速地奔向她,她又跌倒了，却仰着满是光彩的脸，对他渴望地伸长了手。他跑过去，她一把就抱住了他的腿，抱得紧紧的，死命的，一面把她那被泪水濡湿的脸颊紧贴在他的腿上。

"海莲！海莲！海莲！"他哽咽地喊着，跪下身子，抱住了那黑发的头，"我回来了，回来陪你拾贝壳，陪你听海说话，陪你看日出日落……陪你一辈子！"

她用那对天真的眸子仰视着他，月光照在她的脸上，那样充满了灵性、焕发着光彩和喜悦的一张脸，像一个小仙灵！她的嘴唇轻轻地嚅动着，笑靥迎人。"我知道你会回来！"她低声地说，带着梦似的温柔和一份毫无怀疑的信念，"我知道！我知道！我知道！"

海在他们的身边唱着歌，一支好美丽好美丽的歌。月光静静地笼罩着他们，一幅好美丽好美丽的画。

一九六八年四月十九日深夜，初稿，于台北

一九六八年四月二十二日午后，修正完毕

云霏华厦

"这就是最美丽的那份自然，"他继续说着，

"这就是世界，是天地万物存在的源泉，一个字：爱！"

你听过这故事吗，竹风？你知道那个傻傻的小姑娘，名叫云霏的吗？在这儿，我要告诉你这个故事，这个关于云霏的故事。

【壹】

时间慢慢地流过去，她优哉游哉地躺在大树上，虚眯着眼睛，从那树叶隙中，看天际的白云青天。

"这实在是个倒霉的日子！倒霉倒到了家！倒到了十八层地狱，倒到印度，倒到西天上去了！"

云霏一面向屋后的山坡上冲去，一面嘴里叽里咕噜地骂着。她穿了件红衬衫，松松地挽着袖口，敞着衣领，下面穿着条白色运动短裤，裸露着两条修长而停匀的腿。一顶宽边的白色大草帽下，是一张被太阳晒得红扑扑的脸，和一对怒睁着的、冒着火的大黑眼睛。那浓眉上扬着，一副桀骜不驯的样子，那挺直的鼻梁更显得倨傲和倔强，至于那长得相当美好的嘴，却那样严重地努着，显出一副说不出来的任性和鲁莽。

这就是云霏，像她母亲说的，"永不可能变成一个大家闺秀"，谁要做大家闺秀呢？天知道！她走向那山坡上的一个小树林里，这是她最爱的树林，由一些械树、尤加利、榕树和相思树组合而成。不论春夏秋冬，这树林永远是一片绿叶葱茏。因此，云霏给它取了一个名字，叫它"绿屋"。若干年前，她曾看过一部奥黛丽·赫本演的电影，名叫《绿厦》，这绿屋的典故，就出于此。

绿屋是云霏的一个小天地，像这一类的小天地她还有好几个。

绿屋后面有一条河，水面反射着阳光，总是一片晶莹，河边是无数的鹅卵石与岩石，是个垂钓的好所在。这条河，云霏称它作"水晶房"。假若你沿着水晶房往上游走，会走到一个山谷中，山谷里是一块平坦的草地，上面缀满了一簇簇紫色的、铃状的小野花。这山谷，云霏称它作"紫铃馆"。再往上深入，可以爬到一个山头上，上面有孤松直立，终日云锁山岭，烟雾蒙蒙。云霏就叫它"烟霞楼"。这"绿屋""水晶房""紫铃馆""烟霞楼"合起来，就成为云霏的世界。她给了它一个总名称，叫作"云霏华厦"。

现在，云霏走进了"绿屋"，胁下夹着一本都德的名著《小东西》，嘴里兀自不停地咒骂。一面，她选择了一棵大树，有着粗壮的树干、分权的枝丫和浓密的绿叶的树。四顾无人，她就攀住了枝干，轻捷地纵了上去，然后沿着树干熟练地往上爬，选择了一个十分舒服的所在，她坐了下来，伸长了双腿，倚靠在树干上，整个身子都隐藏在密叶深处。

"好了！"她喃喃地自语，"让他们来找我吧，找得到我才见了他们的大头鬼！想叫我在宴会上装淑女，呸！做梦！"

扯掉了大草帽，露出了满头乌黑的、乱糟糟的短发，她用手枕着头，把书本放在一边的枝干上，开始出神地想起来。

一切是怎样开始的呢？

怨来怨去，怪来怪去，恨来恨去，都是那个张伯母不好，就是她，三天两头跑到家里来对母亲说："男大当婚，女大当嫁，李太太，我看你们家云霏的毛病，就是没个男朋友。别看现在社交公开，男女都自由恋爱，但是像云霏这种女孩子，还真要父母帮帮忙！你给她找个男朋友，我保证，她那千奇百怪的毛病就都好了！"

千奇百怪的毛病！天知道！她有什么毛病呢？如果说成天喜欢在山野里跑算是"毛病"的话，她觉得成天待在一间几平方米的屋里搬弄是非才是更大的"毛病"呢！但是，那老实的母亲呵，却认真地发起愁来了。于是，已经结了婚的大姐、二姐、三姐都要奉命"给云霏物色个丈夫"了。就这样，一天到晚，就看到大姐、二姐、三姐轮流回娘家，同时，赵钱孙李诸家太太川流不息地来和母亲交头接耳，然后，这件倒了十八辈子霉的事就发生了。

那天，大姐云霓兴冲冲地跑了来，劈头一句话就是："妈！你还记得徐震亚吗？"

"徐震亚？"母亲只眨巴眼睛。

"就是小时候和我们是邻居，整天跟云霏打架比爬树的那个徐震亚！"

"哦！他呀！"母亲恍然大悟，"就是云霏给他起外号，叫他'虎头狗'，他也给云霏起外号，叫云霏'疯丫头'的那个孩子吗？"

"是呀！"

"他不是举家都搬到美国去了？我和那徐太太还是好朋友呢！多年都没消息了。你怎么突然记起他来了？"

"我告诉你，妈，那徐震亚现在在美国已经拿到博士学位了，马上就要回台湾。他的哥哥和立群在美国时是同学，写封信给立群，要我们照顾徐震亚，同时帮他物色一个女朋友，换言之，就是托我们给徐震亚做媒，你看，这不是云霏的大好机会吗？"立群是云霓的丈夫，该死！谁让他认识那个见鬼的徐震亚！那个虎头狗！云霏对他记忆犹存，一张大脸，满身结实的肌肉，会爬树，会掏鸟窝，会打架，还会欺侮人！让他下十八层地狱去吧！那倒霉的虎头狗！但是，母亲的兴趣却来了："那孩子……长得如何？"

"你以为人家还像虎头狗呀？长大了，挺漂亮呢！我这儿有照片，妈，你看！"

于是，母女二人的头凑在一块儿，对着那张照片穷看，看得那样津津有味，好像那是十八世纪海盗的藏宝地图似的。母亲的头点得像咕咕钟上的鸟，眉开眼笑，嘴里不住地赞美着："真不错，确实不错！的确不错！他到台湾来做什么呀？"

"他是美国一家工厂的工程师，那家工厂要在台湾设分厂，派他来打前站的。"

"哦，条件真不坏，确实不坏，的确不坏！"

"我说，妈，你这儿房子大，又在郊外，空气好，干脆把他接到家里来住，这样，他们两个接触的机会多……事情准成！但是，你可得让云霏打扮打扮，放文静点，否则，她那副疯丫头相，不把别人吓昏才怪！"

"这个徐震亚什么时候来呀？"

"就是下个月！"

"那就这样说定了吧！"母亲兴高采烈地说，"我马上给徐太太去封信，拉拉老关系。再收拾出一个房间来，哎，这事要是成了那才好呢！我心里这个大疙瘩才放得下呀！"

然后，今天这个倒霉的日子就来了。一清早，大姐、大姐夫、二姐、二姐夫、三姐、三姐夫全到齐了，母亲叫了一桌子菜，说是要给那个虎头狗接风。三个姐姐挤在云霏的房里，要给她化妆，要给她梳头，要给她穿上一件……天！居然是件旗袍呢！气得她又吼又叫又发脾气又诅咒，但是，几个姐姐加一个母亲，叽叽喳喳的，扯胳膊扯腿的，闹得她毫无办法。母亲又那样低声下气地，好言好语地，摇头叹气地，左一句，右一句："我的好小姐，你就依了我吧！""我的天魔星呀，你穿上这件衣服吧！""真是的，我哪一辈子欠了债，生下你这个造孽的东西呀！"

她一生不怕别的，就怕母亲的叹气和唠叨，最后，她实在耐不住了，豁出去让她们"作怪"吧！坐在那儿，她像个木头人一样，说不动就不动，任凭她们搽胭脂抹粉画眉毛，她只当自己是木头做的，僵着胳膊和腿，让她们换衣服。最后，总算都弄停当了，大姐说："瞧，化化妆不就成了小美人了！"

"真漂亮，"二姐接口，"真想不到云霏这样出色！"

"哎，那个徐震亚不着迷才怪呢！"三姐说。

云霏揽镜一照，禁不住"呀"了一声，身子往后就倒。

大姐慌忙扶住她，急急地问："怎么了？怎么了？"

"我要晕倒！"她叫着说，"我马上就会晕倒，快把镜子砸了吧，里面那个妖怪让我倒足了胃口！"

"你知道什么，云霏！"大姐说，"男人就喜欢女人这个样儿！"

"原来男人都喜欢妖怪，"她呻吟着，"他们一定有很稀奇的结构。"

"别说怪话了，"母亲说，"我们也该出发到飞机场去接人了！"

"你休想我这个样子出门，"她嚷着，"也休想让我去接那条虎头狗！"

"跟你商量商量好吗？"母亲忍着气说，"待会儿你当面别叫他虎头狗好吗？"

"那叫他什么？"她瞪大了眼睛，思索着，"对了，虎头狗是俗名，学名叫作——拳师狗，对了！是拳师狗！"

"天！"母亲从鼻子里长长地呼出一口气来，"有谁能教教我，该拿这个疯丫头怎么办？"

"该去机场了，妈，"大姐说，"我看，就让云霏留在家里，我们去接吧，反正等会儿就见面了。"

于是，母亲唉声叹气地跟姐姐们走了。云霏就等着她们出门，她们前脚才踏出大门，她已经冲进了浴室，放上一盆水，只两分钟的时间，就把那张妖怪脸给打发掉了。然后，她扯下了那件衣服，穿上了自己的衬衫短裤，抓了一顶草帽，从后门冲了出去，一溜烟地跑了。

这就是云霏现在坐在大树上生气咒骂的原因。

　　时间慢慢地流过去，她优哉游哉地躺在大树上，虚眯着眼睛，从那树叶隙中，看天际的白云青天。只一会儿，她就忘怀了徐震亚，天空那样蓝，蓝得澄净，蓝得透明，蓝得发亮，白云飘浮，如烟如絮，来了，去了，在那片澄蓝上不留下丝毫痕迹，她看呆了，看得出神了。

【贰】

"你那样飘逸，那样脱俗，那样不食人间烟火……你不是小仙女，又该是什么？"

"云霏！云霏！云霏！你在哪儿？"

一连串的呼唤声打破了绿屋中那份沉静安详的空气，云霏陡地一惊，思绪从遥远的天际被拉回了地面，她拨开一些树枝，悄悄地向下看，大姐云霓正气急败坏地冲进绿屋，把手圈在嘴边，大声地吼叫着："云霏！你别开玩笑，全家都等你吃饭呢！云霏！云霏！云霏！"

她喊着，经过了云霏所躲藏的大树下，丝毫没有发现云霏就在她的头顶上。云霏禁不住要笑，又慌忙用手去捂住嘴，因为这样一动，她身边那本《小东西》就啪的一声掉落了下去，不偏不倚地打在云霓的头上，云霓迅速地抬起头来向大树顶上看去，云霏被发现了。

"云霏！你还不下来！这真太过分了！"云霓气得涨红了脸。

"哦，我可不是故意的！"云霏慌忙解释，"那本书……那本书……它自己要下去！"

"你要怎样？你到底来不来吃饭？"云霓板着脸，拿出云霏最怕的武器，她知道这个小妹妹虽然倔强，却最重姐妹之情，"我告诉你，你要不然就下来，乖乖地跟我回去吃饭，要不然，我这个做姐姐的就再也不要理你，今生今世都不跟你说话！"

"哟，好姐姐，"云霏果然慌了，"干吗生这样大的气，回去就回去好了！"

从树上跳了下去，她满头挂着树叶树枝，浑身的青草和树皮，裸露的大腿上抹了一大片黑，衣领上还垂着根稻草，笑嘻嘻地对云霓咧开了嘴："怎样？那个'真不错，确实不错！的确不错'的虎头狗已经来了吗？"

云霓瞪视着她，深吸了口气。"我的天！"她喊着，"你不把他吓晕才怪！快从后门进去，赶快化化妆再见客吧！"

"休想！"云霏叫，"我回去了！我先走，你慢慢来！"她撒开腿如飞般地向前冲了出去。

"云霏！云霏！哎，我的天！"云霓直着脖子在后面喊，云霏却早就跑得没有影子了。

像个大火车头，云霏直冲进大门，又直冲进客厅，正好云霏的二姐云霞正在向那客人吹嘘着自己的妹妹："我的小妹是我们家最文静、最漂亮，也最温柔的……"她的句子中断了，目瞪口呆地望着那刚刚冲进来的云霏，满桌子的人都呆住了。只有那位来客，却用一对神采奕奕的眸子，含笑地盯着那闯进来的少女。

云霏直视着座中的生客，那人颇出乎她意料，丝毫也不像个虎头狗，修长的个子，整洁而并不考究的服装，两道不太驯服的浓眉下，是一对慧黠而漂亮的眼睛。他正含着笑，那笑容是略带嘲弄而又满不在乎的。

"好，"云霏对他点了点头，挑了挑眉毛，尖刻地说，"想必你就是那位'真不错，确实不错！的确不错'的虎头狗了？"

那男士怔了怔，一时似乎颇为困惑。但是立即，他掩饰了自己的惊奇，对她徐徐弯腰，笑容在他的嘴角加深。

"是的。"他坦率地回答，紧盯着她，眼光灼灼逼人，"那么，你应该就是那位'最文静、最漂亮，也最温柔'的疯丫头了。"这次，轮到云霏来发怔了，她怔了两秒钟，接着，她就纵声大笑了起来，笑得天翻地覆，地覆天翻。而那只虎头狗呢，也跟着笑了起来，笑得比她更厉害，更起劲。然后，满桌子的人也都不由自主地笑了起来。当那气喘吁吁的云霓赶回来的时候，就碰到这个"狂笑"的"大场面"，她呆怔在那儿，真弄不清楚是不是所有的人都发疯了。

晚上，有很好的月光。

徐震亚在那块绿色的山坡上，缓慢地踱着步子，那青草的芬芳和那山野的气息包围着他。天上寒星明灭，皓月当空，几片淡淡的云轻飘飘地，不着边际地掠过。几丝微微的风轻柔地扑面而来，带着些野百合和雏菊的混合香味。他有些神思恍惚，多少年来，被关在都市的烦嚣中，他几乎已遗忘了自然的世界。现在，听着远处的鸟啼，看着草丛里萤火虫的明灭，他深陷在一种颇受感动的情绪里。

一阵脚步声急促地传来，一声鲁莽的呼唤打断了他的沉思："喂喂！我在到处找你！"

他回过头，月光下，云霏的眸子清亮。

"哦，"他笑笑，"我的名字不叫喂喂。"

"叫什么都一样，反正我在叫你。"她大踏步走上前来。

"有什么事吗？"他问。

"你会在我家住很久，所以，我要在你刚来的时候，就先和你谈清楚一件事，免得以后麻烦。"

"哦？"他盯着她。

"是这样，"她指指身后的那幢房子，"你知道在你来以前，那幢房子里就在进行一项阴谋吗？"

"阴谋？"他挑高了眉毛。

"是的，我母亲和我的姐姐们，她们在苦心地计划一项阴谋，"她坦率地望着他，重重地说，"她们'居然'想要把我嫁给你！"

"哦？"徐震亚愣了一下，立即，他的嘴角浮起了一个难以察觉的微笑，他的眼睛里闪烁着一抹颇有兴味的光芒，深深地看着她。

"我必须告诉你，"她继续说，语气是坚决果断而自信的，"我根本不会嫁给你，完全无此可能。"

"是吗？"他微笑起来，"为什么？"

"是这样，"她有些困难地说，"首先，你要了解，我不是那种肯关在几个榻榻米的房间里，为一个男人而活着的女人，我离不开我的云霏华厦。"

"云霏华厦？那是什么地方？"

"你现在就在云霏华厦里。"她一本正经地说。

"哦？"他眼里的兴味更加深了，"说下去！"

"第二，我不会恋爱，也不会爱你，爱情是婚姻最重要的因素，所以，我不能嫁你。"

"为什么不会爱我？"

"你不漂亮！"

"噢！"

"最起码，没有星星、浮云、树木、原野、流水、岩石这些来得漂亮，你不必生气，事实上，没有一个人是漂亮的。"

"哦，"他惊奇地望着她，"再有呢？"

"第三，你也不会爱上我。"

"是吗？"

"我警告你，我有千奇百怪的毛病。"

他点点头，盯着她的眼睛更亮了。

"你说完了吗?"他问。

"差不多了。"

"那么,听我说几句吧!"他站住,微笑着说,"第一,我并没有要娶你的意思。第二,我也没有爱上你。第三,我根本不要结婚。第四,我在美国有女朋友。第五,我警告你别爱上我,我有万奇千怪的毛病。"

云霏怔了怔,接着,忍不住笑了。

"这么说来,我们之间没有什么冲突了?"

"完全没有。"

"也都彼此了解了?"她再问。

"我相信是的!"

"好!"她对他伸出手来,显出一副慷慨而大方的样子来,"我允许你做云霏华厦的访客!"

他握住了那只手,很紧。流萤在他们四周穿梭。

"你的访客不少。"他看着那些流萤,"刚刚我还听到一只鹁鸪鸟在叫门呢!"

她的眉毛飞扬。

"你懂了。"她轻声说,"你是第一个认识云霏华厦的人。明天,我该带你到整个大厦里参观一番,你必须看看绿屋、水晶房、紫铃馆和烟霞楼。"

一星期过去了。

这天下午,阳光美好地照射着,大地静悄悄的。云霏走进了紫铃馆,她一面走着,一面在高声地唱着一支她自编的小歌:

云儿飘,水儿摇,

> 鸟啼声唤破清晓。
> 山如画，柳如眉，
> 春光旖旎无限好。
> 蝶儿舞，蜂儿闹，
> 惜春常怕花开早。
> 紫铃馆，烟霞楼，
> 草裙款摆香风袅。
> 我高歌，我逍遥，
> 倚泉石醉卧芳草。

唱着唱着，在那喜悦的情绪中，在那阳光的闪熠下，在那草原和野花的芬芳里以及那懒洋洋的、初春时节的和风微醺之中，她不由自主地手舞足蹈起来，她歌唱，她旋转，她腾跃……她把无尽的青春与活力抖落在那无人的山谷中。像一只无拘无束的小鸟，像一片逍逍遥遥的浮云，像一缕穿梭而潇洒的微风……她奔跑，旋转，跳跃……然后，忽然间，她踩到了一样东西，同时，一个人从紫色小花和草丛深处跳了出来。

"噢！"云霏吓了一大跳，瞪着他，那个徐震亚！"你在这儿干什么？"她有些气势汹汹的，很不高兴有人闯入她的小天地，又破坏了她正沉迷着的那份宁静的、悠闲的喜悦。

"倚泉石醉卧芳草！"徐震亚慢慢地回答，望着她，"原谅我擅自走进你的紫铃馆里来，你知道，这儿太诱惑我。草裙款摆香风袅，我只想欣赏一会儿，却不知不觉地睡着了。"

云霏看看他，在他身边的草地上坐了下来。

"你喜欢这儿的一些什么？"她问。

"太多了！"徐震亚由衷地叹了口气，"我在这儿已经消磨了好几小时，看那些小紫花在微风下点头，还有那片狗尾草像波浪似的摇曳……刚刚有一条蜥蜴从那块大石头上爬过去，还有只绿色的鸟在水面穿来穿去地唱着歌，接着，又有个白衣服的小仙女驾着一片云飘坠下来，在水边的草地上散布着春天的声音……"

"小仙女？"云霏瞪着他，"我不信。"

"我发誓！"他一本正经地说，"确实有个小仙女，她唱着一支十分美妙的小歌，我还记得前面几句。"

"怎样的？"

> 云儿飘，水儿摇，
> 鸟啼声唤破清晓。
> 山如画，柳如眉，
> 春光旖旎无限好……

云霏狠狠地瞪了他一眼。

"原来你在开玩笑！"她不高兴地说。

"你错了，我没有开玩笑。"徐震亚深深地望着她，语音有些特别，"我一点也不开玩笑。瞧瞧这儿，云霏，一片云，一根草，一朵小野花，一块小岩石，乃至小溪流里的一滴水，一个小泡沫，一条小银鱼或一只鸟，一缕微风，一线阳光，一颗鲜红的草莓，一叶青翠的万年青……全都这么美，这么生动，这是自然的产物，然后，它们加上一个你，变成了一份真真实实的'完美'。你那样飘逸，那样脱俗，那样不食人间烟火……你不是小仙女，又该是什么？"

云霏坐在那儿，弓着膝，把下巴放在膝上，她呆呆地看着徐震亚，大而野性的眼睛里有一丝迷惑。

"你知道……你知道……你居然知道这些东西的美丽。"她喃喃地说。

"我知道，"徐震亚似乎受到了侮辱，"你以为我什么都不能领会吗？哦，云霏，你当我是什么？"

"是一个大机器上的小齿轮。"

徐震亚愣了一下，然后，他开始咀嚼这句话，而越咀嚼就越感到有深深的意味。岂不是！这些年来，读书，奋斗，竞争，做事，匆忙，奔波……面对的是大机器、小机器，看的是数字、表格、计算机……是的，他只是个大机器上的小齿轮，无止无休地操作，操作，旋转，旋转……这些年来，他从没有认清过自己，但在这一刹那，她用一句话就完完全全地说明白了：是一个大机器上的小齿轮！

"哦！"好半天之后，他才轻呼出一口气来。紧盯着云霏，他眩惑地说，"那么，助我吧，小仙女，用你手里那根小金棒点我一下吧！"

她手里正玩弄着一根长长的狗尾草，听到他这样说，她就毫不考虑地用那狗尾草在他身上打了一下。他却不由自主地一震，好像这真是根仙女的魔棒，已把他抽筋换骨，打落了他的凡胎俗根。

"现在，"他沉吟地说，"我是不是'漂亮'一些了？"

"怎么说？"

"记得第一天晚上的谈话吗？"他凝视她，"拿我和你手里那根狗尾草比比吧，哪一个漂亮？"

她认真地比较着，看看狗尾草，又看看徐震亚，再看看狗尾草，再看看徐震亚。然后，她扑哧一声笑了出来，抛掉了草，她跳起来说："我看，你快被我那些千奇百怪的毛病传染了！"

"确实。"他微吟着。

"来！"她抓住了他的手腕，"我们去烟霞楼，我有东西要让你看！"

他站了起来。

"即使你让我看的是一个神仙们的舞蹈会，我也不会觉得奇怪！"他喃喃地说着，跟着她向群山深处跑去……

"哦，妈，你一定得让小妹化妆化得漂亮点。"大姐云霓又在和母亲嘀嘀咕咕了，"怎么自从徐震亚搬来之后，我看小妹丝毫没变好，反而更疯了！"

"还说呢，"母亲叹口气，"震亚刚来的时候，还人模人样的，这几个月下来，他也跟着云霏学，不修边幅，除了上班，就整天和云霏在山野里跑。"

"那么，岂不是……"云霓含有深意地和母亲挤挤眼睛，"那也不错呀！"

"你不知道，他们……他们根本像两个孩子，每天谈的全是大树呀，喇叭花呀，小鱼呀，狗尾草呀……哦哦，云霓，我告诉你，不只我们的云霏是个疯丫头，我看……我看……那徐震亚也是个疯小子呢！"

云霏站在窗外，听完了母亲这段议论之后，她就大大地撇了撇嘴，耸了耸鼻子，转身向山坡上走去了。

【叁】

流水的潺湲，鸟声的啁啾，微风的低吟……自然的音籁不绝于耳，但是，汇合起来却依然"沉静"。为什么呢？

穿过了绿屋，她来到了水晶房，坐在一块大岩石上，她脱掉了鞋袜，把脚浸在那凉沁沁的水中，用脚趾不住地拨弄着流水。这正是黄昏，落日正向紫铃馆的方向沉落，晚霞满天，有许许多多发亮的、彩色的云把流水都染红了。她用手托着下巴，呆呆地沉思着，忽然感到了一份难言的、奇异的落寞，四周是太静了。

流水的潺湲，鸟声的啁啾，微风的低吟……自然的音籁不绝于耳，但是，汇合起来却依然"沉静"。为什么呢？她侧耳凝思，潜意识里却似有所待。

"云霏！云霏！你在哪儿？"

一声男性的呼唤破空而来，云霏不由自主地精神一振，一个微笑悄悄地浮上她的嘴角，那个疯小子来了。

"云霏！云霏！云霏！"

随着呼唤声，徐震亚出现了，望着坐在岩石上的云霏，他责备地嚷着："好哦，你坐在这儿一声也不响，让我找遍了云霏华厦，你干吗不理我？"

"我在想……"

"想什么？"

她摇摇头，迷惘地笑笑。

"我也不知道。"她轻声说。

徐震亚看着她，落日的光芒，柔和地染在她的身上、发上和面颊上，那对亮晶晶的黑眼珠闪烁着一种他从未见过的光彩，温柔如梦，闪亮如星。她身上那份野性不知在何时已消失了，这时，她看起来几乎是沉静的。

"哦，"他微吟，跨着水中凸起的岩石向她走近，"有没有位子给我坐？"

她的身子向旁边挪了挪，腾出一块狭小的位置。

"你似乎有些闷闷不乐。"他说，在她身边坐下来。

"妈妈和大姐刚刚在家里骂我们呢！"她说。

"是吗？"

"她说我是个疯丫头，你是个疯小子！"

他咬住嘴唇，想笑。一种新的情绪贯穿了他，他瞪视着她，笑容遍布在眼底眉梢。

"你笑什么？"她问。

"你母亲的话颇有点道理。"

"哼！"她耸耸肩，"我不觉得有什么道理！"

"瞧！"他指着，"一只翠鸟！"

她看过去，果然，一只好漂亮好漂亮的翠鸟，满身蓝金色的羽毛，迎着太阳，发出宝石般的亮光。它在水面不住地回旋、翻飞，卖弄似的伸展着它的翅膀，然后，它停在一块岩石上，开始颇为骄傲地，用那美丽的长喙梳弄着它的羽毛，一面梳着，它一面微侧着头，转动着骨碌碌的黑眼珠，似乎在倾听着什么。然后，另一只翠鸟掠空而来，直扑到那只翠鸟面前的水波里。

"噢，还有一只呢！"云霏低呼着。

"是的，这是只公的，石头上那只是母的。"徐震亚说，他的手不知不觉地绕在云霏的腰上。

那只公的翠鸟掠水而过，它开始啁啾地低鸣，环绕着另一只低飞，不住地展览着那美丽的羽毛，接着，它停在那只鸟对面的石块上，开始了一段小步的舞蹈，它蹦跳，它唱歌，它展开它的翅膀……

"哦，好美！"云霏轻轻地，眩惑地说，"但是，它在做什么？"

徐震亚注视着云霏。你！这山林的小仙女，你教过我许许多多的东西，现在，轮到我来教你了。

"它在求爱。"他低声地，温柔地说，"这是自然，你懂吗？上帝造物，有山有水，有树有花，有阴有阳，有男翠鸟，也有女翠鸟。"

"哦？"她望着他，瞪大了眼睛。

"现在，男翠鸟在向女翠鸟求爱，女的高踞在上，等待着男的，男的尽量卖弄他的英姿，去博取女方的欢心。"

"哦？"

"你爱自然，你爱美，你可知道，求爱也是自然的一部分，而且，是最美的一部分。你看它们！"

她看过去，那只公的翠鸟已跳到它女友的那块岩石上，像捉迷藏一般，它们开始了一小段的追逐和逃避，一个欲擒故纵，一个半推半就，它们彼此对峙着，歌唱、舞蹈、跳跃，然后相近、相扑、相依偎……那蓝金色的羽翼扑落了无数灿烂的、眩目的光华。

"这就是最美丽的那份自然，"他继续说着，"这就是世界，是天地万物存在的源泉，一个字：爱！"他盯着她，"看到了吗？有母翠鸟，就有公翠鸟，有凤必有凰，有鸳必有鸯……上帝造它们，为了要让它们相爱，所以，有疯丫头，必定有个疯小子！"

他的头俯下来，在她还沉浸在那份眩惑中的片刻，他的嘴唇已紧压在她的唇上，他的手臂绕过来，紧紧地拥住了她。流水潺潺，微风低吟，翠鸟在彼此叽叽咕咕地述说着衷情……万籁俱寂，天地混沌……她从他的胳膊里抬起头来，她的眼睛一瞬也不瞬地望着他，那黑亮的眼珠现在看起来好无助，好温柔，好可怜。

"我……我……我说过，我……不是那种为一个男人而活着的女人。"她可怜兮兮地说。

"但你是为我而活着的！"他望着她，深深地。

"我……我……我离不开云霏华厦。"她更嗫嚅了。

"没有人要你离开，只是，你应该给云霏华厦找一个男主人，你一个人照顾这样大的大厦，不是太孤独了吗？我会是个很好的男主人。"

"还有……还有……"她的模样愈加可怜了，"我……我……我还有千奇百怪的毛病呢！"

"我有万奇千怪的毛病呢！"他嚷着。

"而且，而且，我说过……我是不结婚的！"

"这种傻话，我们都说过，那是因为我们没有长大，也没有认识这世界！"

"再有……再有……你不是说你在美国有女朋友吗？"

"那是我编出来骗你的，因为你那时太骄傲了！"

"哦！"她瞪大眼睛，"但是，但是……"

"哦，我的天！"他喊着，"我有药方来治疗你这些'还有''再有''但是'和'而且'！"

迅速地，他的嘴唇重新压了下去，堵住了那张小小的、可怜兮兮的、嗫嚅着的嘴唇。她呻吟，她叹息，然后，她的手臂绕了上来，紧紧地环抱住了他。

大地静悄悄的，只有流水的潺潺和微风的轻唱。那两只翠鸟，现在已经不再啁啾和跳舞了，它们庄严地站在岩石上，微侧着头，对他们两人凝视着，似乎也颇为明白，自己完成了一些怎样神圣的任务。本来嘛，在希腊神话里，翠鸟就是由两个相爱着的好神仙变幻出来的。现在，它们交头接耳了一阵子，扑了扑翅膀，双双无声无息地飞走了。

　　太阳沉落了下去，暮色慢慢地游来。天边已闪现出夏夜的第一颗星。几点萤火虫从草丛中飞来，围绕在他们四周飞舞穿梭，一只青蛙在岩石缝里探着头，榕树上有只蝉儿突然引颈而歌……云霏华厦里的客人们都悄悄聚拢，在暗中保护着它们的男女主人。这世界是爱人们的。不是吗？

一九六九年七月二十四日夜

风铃

一阵风吹送而过，那铃声清脆得像一支歌，叮当，叮当，叮当……

窗外在下雨，竹风。那些白茫茫的云层厚而重地堆积着。飘飞的细雨漠漠无边，像烟，像雾。也像我那飘浮的、捉摸不定的思绪，好苍茫，好寥落。

　　想听故事吗，竹风？我这儿有一个。让我说给你听吧！轻轻地、轻轻地说给你听。

【壹】

"我迷失了。"她对着镜子轻轻地说,"我遗失了很多东西,太多太多了!"

对着那整面墙的大镜子,沈盈盈再一次地打量着自己,那件黑缎子低胸的晚礼服合身地紧裹着她那纤细的腰肢,胸前领口上缀着的亮片在灯光下闪烁。颈项上那串发亮的项链和耳朵上的长耳坠相映,她周身似乎都闪耀着光华,整个人都像个发光的物体。她知道自己长得美,从童年的时候就知道。现在镜子里那张脸经过了细心的化妆,更有着夺人的艳丽,那长长的睫毛,那雾蒙蒙的眼睛,那挺挺的鼻梁和那小小的嘴……她看起来依然年轻,依然迷人,虽然,那最好的年龄已经离开了她,很久以来,她就发现自己的生活里不再有梦了。而没有梦的生活是什么呢?只是一大片的空白而已。

她摇摇头,锁锁眉毛,再轻轻地叹口气。今晚她有点神魂不定,她希望等会儿不要唱错了拍子。怎么回事呢?她不知道。上电视、上银幕、上舞台,对她都是驾轻就熟的事。这些年来,她不是早就习惯于这种忙碌的、奔波的、"粉饰"的生涯了吗?为什么今晚却这样厌倦,这样茫然,这样带着感伤的、无奈的情绪?

"掌声能满足你吗?只怕有一天,掌声也不能满足你!你根本不知道自己在追寻些什么!"

　　若干年前，有人对她说过这样几句话。说这话的人早就不知道到何处去了，欧洲？美洲？大洋洲？总之在世界的一个角落里，过他自己所谓的"小天地"中的生活。小天地！她陡地一愣，脑中有一丝灵感闪现，是了！她突然找到自己的毛病了，她所缺乏的，就是那样一个小天地啊！那曾被她藐视，被她讥笑，被她弃之如敝屣的小天地！如今，她拥有成千成万的影迷、歌迷，但是为什么，她会觉得这样空洞，没有一点"天地"呢？

　　"我迷失了。"她对着镜子轻轻地说，"我遗失了很多东西，太多太多了！"

　　她再叹口气。化装室的门外，有人在急切地敲着门，节目负责人在喊着："沈小姐，请快一点，该你上了！"

　　她抛下了手里的粉扑，走到门口，打开房门，对节目负责人说："通知乐队，我要改变预定的歌，换一支，我今晚想唱《风铃》。"

　　"哦，"那负责人张口结舌，"这有些困难，沈小姐，节目都是预先排好的，乐队现在又没有《风铃》的谱，临时让他们换……"

　　"他们做得到的，真不行，只要打拍子就好了，你告诉他们吧。"沈盈盈打断了他，微笑地说。

　　节目负责人看了她一眼，在她那种微笑下，他没有什么话好说的了，他了解她的个性，决定了一件事情，她就不肯改变了。如果是别的歌星或影星，他一定不理这一套，要改节目这样难伺候，你以后就别想再上电视了！但是，沈盈盈可不行！人家是大牌红星嘛！观众要她。有了她，节目才有光彩，没有她，节目就黯然无光。有什么话好说呢？《风铃》就《风铃》吧！他咬咬牙，匆匆地走去通知乐队了。

　　时间到了，沈盈盈握着麦克风，缓缓地走到摄影机前面，几万瓦的灯光照射着她，她对着摄影机微微弯腰。她知道，现在正有成千上万的人坐在电视机前面，看着她的演出。要微笑，要微笑，要微笑……这是她一直明白的一件事。"沈盈盈的笑"！有一个杂志曾以这样的标题大做过文章，充满了"一笑倾人城，再笑倾人国"这类的句子。但是今晚，她不想笑。

敛眉伫立，听着乐队的前奏，她心神缥缈。风铃，风铃，风铃！她听到了铃声叮当，张开嘴，歌声从她的灵魂深处奔泻了出来，好一支歌！

> 我有一个风铃，
> 叮当！叮当！叮当！
> 它唤回了旧日的时光，
> 我曾欢笑，我曾歌唱，
> 我曾用梦筑起了我的宫墙，
> 叮当！叮当！叮当！
>
> 我有一个风铃，
> 叮当！叮当！叮当！
> 它诉出了我的衷肠，
> 多少凝盼，多少期望，
> 多少诉不尽的相思与痴狂，
> 叮当！叮当！叮当！
>
> 我有一个风铃，
> 叮当！叮当！叮当！
> 它敲进了我的心房，
> 旧梦如烟，新愁正长，
> 问一声人儿你在何方？
> 叮当！叮当！叮当！

> 我有一个风铃，
>
> 叮当！叮当！叮当！
>
> 它奏出了我的悲凉，
>
> 红颜易老，青春不长，
>
> 你可听到我的呼唤与怀想？
>
> 叮当！叮当！叮当！
>
> 叮当！叮当！叮当！
>
> ⋯⋯⋯⋯⋯

歌声在无数个"叮当"下绵邈而尽。沈盈盈慢慢地退后，摄影机也慢慢地往前拉，她在荧光幕上的身影越变越小，随着那越减越弱的叮当声而消失了。退到了摄影机的范围之外，沈盈盈把麦克风交给了下一个上场的歌星，立即退出演播室。她觉得眼眶潮湿，心情激荡，一种难解的、惆怅的、落寞的情绪把她给抓住了。

刚走进化装室，梳妆台上的电话蓦地响了起来，化装室中没有别人，她握起了听筒。

"喂，请沈盈盈小姐听电话。"对方是电视公司的接线小姐。

"我就是。"

"有一位听众坚持要跟你说话。"

"告诉他我已经走了。"她不耐烦地说。

"他非常坚持。"接线小姐婉转地说。

是的，别得罪你的听众和观众！记住，她所依靠的就是群众！她叹了口气，好无奈，好倦怠。

"接过来吧！"她说。

电话接过来了，对方是个男性，低沉的声音："喂？"

"喂，我是沈盈盈，请问哪一位？"

一阵沉默。

"喂，喂，喂？"她一迭连声地喊着，"哪一位？"

一声轻轻的，微喟似的叹息。好熟悉，她怔了怔，心神恍惚，声音不由自主地放温柔了："喂，到底是谁？怎么不说话？"

"是我。"对方终于开口了，"风铃小姐，不知你还记不记得我，刚刚我在电视上看到了你，忍不住打个电话给你，问你一声'好不好'？"

风铃小姐？风铃小姐？怎样的称呼！她屏息了几秒钟，脑中有一刹那的空白。

"哦，我不敢相信，难道你是……"

"是的，"对方接口了，"我是德凯！"

"德凯？"她不由自主地轻呼，"哦，太意外了，我真没想到……"她有些结舌，停顿了一下，才又说，"真的是你？"

"是的，能见面谈谈吗？"

"什么时候？"

"马上。"

"噢，你还是这样的急脾气。"

"行吗？"

"好！"她对着镜子扬了扬眉毛，"你到电视公司来接我！"

"十分钟之内赶到！"

电话挂断了，她把话筒放回电话机上，呆站在镜子前面，瞪视着镜子中的自己。一切多突然，多奇异，是德凯，竟是德凯！噢，今晚一开始就不对头，是自己有什么特别的预感？否则为什么单单要在今晚突然更改节目，偏偏选中那支《风铃》？呵，风铃，风铃！她软软地坐进梳妆台前的椅子里，耳畔又听到了风铃叮当。叮当，叮当，叮当……一阵风吹送而过，那铃声清脆得像一支歌，叮当，叮当，叮当……

【贰】

偶尔，当风从窗口吹来，那悬在窗口的风铃发出一连串清脆的叮当声时，她会很模糊地想起那个有张孩儿脸的、陌生的、送风铃给她的男人。

那是个夏日的午后，吸引沈盈盈走进那家特产店的，就是那排挂在商店门口的风铃。那午后好燥热，太阳把柏油路面晒软了，晒得人皮肤发烫。沈盈盈沿着人行道走着，一阵风吹过，带来了一串清脆的叮当，好清脆好清脆。沈盈盈不由自主地一怔，抬起头来，她看到了那些风铃，铜质的，一个个小亭子，一朵朵小莲花，垂着无数的铜柱，每当风过，那些铜柱彼此敲击，发出一连串的轻响。那响声那样悦耳，那样优美，如诗，如歌，如少女那低低的、梦似的醉语，竟使沈盈盈心神一爽，连那堆积着的暑气都被那铃声驱散了。于是，她走进了那家特产店。

"我要看看那个风铃。"她对那胖胖的老板娘说。

老板娘递了一个给她。

拿着那风铃上的丝绦，她轻轻地摇晃着，铃声叮当，从窗口射进的阳光，在亮亮的铜条上反射，洒出无数的光影。叮叮当当，光影四散，叮叮当当……她喜悦地看着，微笑着。然后，她听到身边有个男性的声音在问："请问，这是什么东西？"

她抬起头来，接触到一对闪亮的、惊奇而带喜悦的眸子。那是个瘦瘦高高的男人，好年轻，不会超过二十五岁。有一张略带孩子气的脸庞，浓眉英挺，那神采奕奕的眼睛带着三分天真和七分鲁莽。他正用充满了好奇的神情，瞪视着沈盈盈手里的风铃，好像他一生都没有见过这种东西。

"你在问我吗？"沈盈盈犹豫地说。

"是的。"

"这是风铃，难道你没有见过风铃？"沈盈盈诧异地问，哪里跑来这样的土包子？

"这是做什么用的？"那土包子居然问得出哪！

"做什么用？"沈盈盈睁大了眼睛，"不做什么用，只让你挂在窗口，等有风的时候，听听它的响声。"

"哦！"他恍然地瞪着那风铃，"能给我看看吗？"

她扬扬眉毛，无所谓地把风铃递给他。他接过来，仔细地、研究地看着那风铃，又不住地摇晃它，再倾听着那清脆的响声。然后，他望着她，高兴地微笑着。"中国是个充满了诗意与艺术感的国度，不是吗？"他问。

"你不是中国人吗？"沈盈盈不解地看着他。

"当然是哩！"他颇受伤害似的扬起了下巴，"谁说我不是中国人？"

沈盈盈不自禁地扑哧一笑。

"哦，我以为……"她笑着说，不知为什么，他的样子使她想笑，"你说话的那样子，你好像不认识风铃，使我觉得……"她又笑了起来。

"噢，是这样，"他也笑了，她的笑传染给了他，"我昨天才到台湾，这是我第一次来台湾，我是个华侨，在美国长大的。"

原来如此！她点点头，收住了笑，怪不得他对这特产店中的东西都这样好奇呢！她接过了那个风铃，不想再和这陌生的男人谈下去了，她还有许多事要做呢！招呼了一声那胖胖的老板娘，她说："我要这个风铃，多少钱？"

"等一等，"那男人突然拦了过来，笑嘻嘻地说，"允许我买这个风铃送给你，好不好？你是我在台湾认识的第一个女孩子。"

哦，多鲁莽的人哪！认识？他从哪一点就能说是"认识"她了呢？或者，这就是美国男孩子的习气，随便和女孩子交谈，随便做朋友……她武装了自己，笑容从脸上敛去。她要"唬"一下这个"洋"包子。

"你或许是在美国住久了，中国女孩不随便接受别人的礼物，你这样是很鲁莽的。"

"哦，真的？"他果然有些惊慌失措，那孩子气的脸庞涨红了，"我不知道……我真的不知道……"他结舌地说，大大地不安起来。

沈盈盈懊悔了，她猜想自己的脸色一定十分严峻。何必呢？

无论如何，人家要买东西送自己，总不是恶意呀！何苦让别人刚刚回到祖国，充满了人情温暖的时候，就因一个第一次认识的女孩子碰一鼻子灰？

"哦，不过……"她立即笑了起来，为自己的严厉觉得很抱歉，面对着那张年轻的、天真的脸庞，她实在无法板脸，"我愿意接受你的礼物。"

"是吗？"他眉开眼笑，好兴奋，好欣慰，仿佛是她给了他一个莫大的恩惠，一迭连声地说，"谢谢你！谢谢你！"

她又扑哧一声笑了出来。从没见过这样的人，买东西送人，还要向人道谢。那男人看着她笑，也就挺高兴跟着她笑，这样子多少有点傻气，沈盈盈笑得更厉害了。那男人已选了两个风铃，拿到柜台上去付了账，把一个风铃交给她，他说："能不能知道你的名字？"

"呵，不能。"她笑着说。

他挑了挑眉毛，做出一副失意的、无奈的样子来，然后他耸了
耸肩，笑笑说："那么，再见，风铃小姐。无论如何，我仍然要谢
谢你。"

风铃小姐！怎样的称呼呀！沈盈盈又有些想笑，不知怎么回事，
今天下午自己这样爱笑。捧着那风铃，她走向商店门口，她无意于
让这男人知道她的姓名地址，包围在她身边的男孩子已经太多了。

"再见！"

她说着，对那男人最后抛下了一个微笑，走进那刺目的阳光中
去了。对于她，这个"风铃"事件只是生活中一个太小太小的小插
曲，她很快就忘怀这事了。只是，偶尔，当风从窗口吹来，那悬在
窗口的风铃发出一连串清脆的叮当声时，她会很模糊地想起那个有
张孩儿脸的、陌生的、送风铃给她的男人。但，那印象那样模糊，
像一块薄薄的云，风稍微大一点，就被吹得无影无踪了。何况，二
十岁的年龄，对一个读大学三年级，美丽而活跃的女学生来说，有
着太多太多新奇、刺激而绚丽的事物呢！

【叁】

他的微笑是温和而亲切的，他的眼光却有着镇压全室的力量，就那样站在那儿，没开口说一句话，整个教室中已鸦雀无声了。

一个暑假那样快就过去了，消失在碧潭的游艇、金山的海风和郊外的小径上了。

捧着厚厚的《西洋文学史》，沈盈盈匆匆地走进校门，开学第一天，别迟到才好。沿着校园中椰树夹道的石子小径，她向前急急地走着。忽然，路边有个人影一闪，拦住了她，一个惊喜的声音在嚷着："嘿！你不是风铃小姐吗？"

她被吓了一跳，抬起头来，那张孩子气的脸庞，发光的眼睛，对她笑嘻嘻咧开的大嘴！这竟是一个月前在特产店买风铃送给她的人！她不禁笑了，世界真小呀！

"你在这儿做什么？"她问。

他拍了拍手里捧着的书本，她看过去，很巧，也是一本《西洋文学史》！

"我正想找个人问一问，西洋文学史的教室在什么地方，我实在摸不清楚。"他说，询问地望着她。

"那么，你是新生了。"沈盈盈说，"侨生？"

"嗯，"他哼了一声，微笑地盯着她手里的书本，"你也是去上西洋文学史的课吗？"

"是的，"她摆出一副老大姐的派头来，"你就跟着我走吧！听说今年来了个名教授，去晚了不见得有位子，我们走快些吧！"他顺从地跟在她身边，加快了步子，一面仍然笑嘻嘻地盯着她，带着点傻气，结结巴巴地说："那个……那个风铃好吗？"

她又笑了。

"当然好，没生病！"她说，忍俊不禁。

"我那个，"他有些不好意思地，慢吞吞地说，"也没生病。"

她大笑了起来，笑弯了腰。这个人，倒真是傻气得可以！看到她笑得那样开心，他也在一边讪讪地笑着。等她笑停了，他才说："对了，我总不能永远叫你风铃小姐的，现在，能不能知道你的名字了？"

"呵，不能。"她笑着说，觉得逗弄这个大男孩是件挺好玩的事情。事实上，既然彼此是同学，他当然不可能永远不知道她的名字。他似乎也明白这一点，所以并不深究。但是，他仍然轻轻地眨了眨眼睛，扬了扬眉，又耸了耸肩，显出一股蛮"滑稽"的"失意"相。这使沈盈盈又忍俊不禁了。

他们已经走到了教室门口，教室有前后两个门，从窗口看去，沈盈盈就知道前面都坐满了，所以她从后门进去，一面对身边那位"新生"说："我们只好坐后面了。或许有人帮我占了位子。"

她走进去，果然，有位男同学已在靠前面的地方给她留了位子，老远就招呼着她，叫着她。她微笑着走过去，心中多少有点得意，男同学帮她留位子，这是从大一的时候就如此的了。回过头来，她说："我有位子了！你随便找个位子……"

她猛地住了口，因为她发现身后根本没有人，那个傻乎乎的"新生"不知到哪儿去了。上课钟已经敲响，同时，教授从前门跨进了教室，她身边那个名叫宋中尧的男同学已经拉她坐了下来。她坐定了，心里还在奇怪那个"新生"怎么不见了。她一面想，一面向讲台上看去，顿时，她像挨了一棍，刹那间目瞪口呆，因为，那从从容容走上讲台，带着个淡淡微笑的教授，却正是那个"傻新生"呀！

"这就是魏教授，魏德凯，"宋中尧凑在她耳边轻轻地说，"从美国聘来的客座教授，别看他那样年轻，听说在美国已经当了三年教授了，很有名气呢！"

沈盈盈像化石一般呆坐在那儿，一时间，心中像打翻了调味瓶，说不出地不是滋味。尤其回想到刚才自己那副颐指气使的态度和骄傲，就更加坐立不安了。而那"教授"呢？他那样从容不迫，那样微笑地、安详地站在那儿，用那对神采奕奕的眸子，含笑地扫视着全室。天哪！他身上何尝有一丝一毫的傻气？他的微笑是温和而亲切的，他的眼光却有着镇压全室的力量，就那样站在那儿，没开口说一句话，整个教室中已鸦雀无声了。

"同学们，"他终于开口了，笑意漾在眼角。他的眼光似有意又似无意地从沈盈盈的脸上掠过去，带着一抹淡淡的、调侃的意味，"这是我第一天和大家见面，我不认为我有资格来教你们书，却很希望和你们交交朋友，然后，我们大家一起来研究研究西洋文学，你们会发现这是一门很有趣味的课程。"他顿了顿，"在开始上课之前，首先，我们应该彼此认识一下，所以，"他拿起了点名册，"我念到的人，答应我一声，好吗？"

大家在底下应着"好"，唯有沈盈盈，她是那么难堪，那么尴尬。而且，最重要的，她发现这个魏德凯竟是个活泼、幽默而慧黠的人物，他的傻气全是装出来的。他捉弄了她！生平她没有被人这样捉弄过。这打击了她的骄傲，伤了她那微妙的自尊，一层近乎愤怒的情绪在她心中升起。尤其，当那"教授"清楚地叫出了她的名字，而她又不得不答应的时候。魏德凯的眼光在她脸上停留了片刻，好一对狡黠的、带笑的眼睛！沈盈盈冒火地回视着他，不由自主地紧咬了一下嘴唇。魏德凯掉开了眼光，沈盈盈没有忽略掉，笑意在他的眼睛里漾得更深了。

　　一节课在一份轻松的、谈笑的氛围中度过，魏德凯的风趣、幽默，以及那清楚的口齿、亲切的作风，立即征服了全班同学，教室中笑声迭起。正像魏德凯所说的，他不像是在"教书"，而是讨论，他和学生们打成了一片。当下课钟响之后，仍有许多同学挤上前去，陪着这位新教授走出教室，和他不住地谈着。沈盈盈呢？她躲向远远的一边，下一节她没课，她一直走向校园深处。宋中尧在她后面追逐着她，他从大一时就开始追逐在她身旁了。他正不住口地说着："这个教授真有他的一套，不是吗？他讲得可真好，不是吗？听这样的教授讲书才过瘾，不是吗？"

　　沈盈盈猛地转过身子，对他大叫着说："你真烦人烦透了！不是吗？"

　　宋中尧呆住了，半晌，他才摸摸脑袋，自言自语地说："我今天运气可真不好，不是吗？"

【肆】

迎着拂面而来的、暮秋时节的凉风，她打了个寒噤，却觉得自己身体里燃烧的火焰更加炽烈。

魏德凯成了学生拥戴的名教授。

上课的时候，他的教室中永远座无虚席，不但如此，旁听的学生常常站满了教室的后面。没课的时候，他那间学校分配给他的窗明几净的小屋——也总是川流不息地充满了学生。男男女女，他们拜访他，和他谈文学，谈艺术，谈人生，甚至谈他们的恋爱。这位年轻的教授，成了他们的朋友和兄弟。连女同学们对他的兴趣也十分浓厚，她们常在背后谈论他："听说他有个未婚妻在美国，不是中国人。"

"他是独生子，父母就等着他赶快结婚。"

"他当完一年客座教授，就要回美国去结婚了。"

"他是个奇才，十九岁大学毕业，二十二岁就拿了博士学位，年纪轻轻的就当了教授！"

对于他的谈论是没有完的，但是，只有一个人永不参与这些谈论，这就是沈盈盈。她从没拜访过魏德凯，从不加入那些谈论者，也从不赞美他。宋中尧常常对她说："我真不明白你为什么那样反对魏德凯，像他这样的教授有几个？天晓得！"

"哼!"沈盈盈从鼻子里重重地哼了一声,一句话也不说,就掉头走开了。宋中尧只好大踏步地追上前来,一个劲儿地说:"小姐,你最好别生气!让那个魏德凯下地狱,好吗?"

沈盈盈站住了,狠狠地瞪了他一眼。

"干吗咒人家下地狱?你才该下地狱呢!"

宋中尧摸着脑袋,呆住了。

"女孩子!"终于,他摇着头,叹口气说,"你永远无法了解她们!唉!"

然后,那一次学校里的英文话剧公演了。沈盈盈是外语系之花,理所当然地演了女主角。他们选择了莎翁的名剧《罗密欧与朱丽叶》。那是一次成功的演出,不仅轰动了校内,也轰动了校外。在排演的时候,魏德凯就被请来当指导,他曾认真地纠正过沈盈盈的发音和动作。有时,他们排到深夜,魏德凯也一直陪他们到深夜。排完了,魏德凯常常掏腰包请他们去吃一顿消夜。在整个排演的过程中,沈盈盈都表现得严肃而认真。她对魏德凯的态度是冷淡的,疏远的,不苟言笑的。魏德凯似乎并不注意这个,他永远那样淡然,那样笑嘻嘻,那样对什么事都满不在乎。沈盈盈知道,他是全世界唯一一个绝不为她的美丽而动心的男人。

本来嘛,人家有个美丽的未婚妻呀!那次的公演出乎意料地成功,沈盈盈演活了朱丽叶,那么美,那么动人,那么痴情,那么细腻,那么柔弱,又那么纯真。戏一演完,观众都疯了,他们为沈盈盈欢呼,声音把一座礼堂都几乎震倒。沈盈盈躲在化装室里,卸了装,对着镜子发呆。宋中尧带着一大群人拥进了化装室,叫着说:"走,我们的朱丽叶!我们要举行一个盛大的庆功宴!目标:四川牛肉面馆!"

她在人群里搜索,没有看到魏德凯,偏偏另一个同学在一边说:

"本来我们想拉魏教授一起去的，可是他一下幕，就一个人悄悄地走掉了。"

沈盈盈的心沉了下去，忽然间觉得兴味索然了。整晚，她神思恍惚，她情绪低落，她不说话，不笑，却喝了过多的酒，同学们说："沈盈盈还没有从朱丽叶的角色回复过来呢！"

她喝醉了。回到家中，她大吐了一场。第二天，她无法去上学，躺在床上，她听到的是那窗口的风铃声：叮当！叮当！叮当！她用棉被蒙住头，风铃声仍清晰传来，清脆温柔得像一支歌，叮当！叮当！叮当……她咬住嘴唇，悄悄地哭了。

黄昏的时候，母亲推开门走进来。

"外面有个年轻人，大概是你同学，他说要见你！"

准是宋中尧！她没好气地叫："告诉他我生病了！不见客！"

母亲出去了。片刻之后，她又回到屋里来，递给她一张折叠着的短笺。她打开来，上面是龙飞凤舞的笔迹，胡乱地涂着几句话：

> 听那风铃的低响，
> 叮当！叮当！叮当！
> 它低诉着我的衷肠，
> 多少凝盼，多少期望，
> 多少说不出的相思与痴狂！
> 叮当！叮当！叮当！

她从床上直跳起来，喘着气问："人呢？"

"走了！"

她顾不得自己蓬松着头发，散乱着衣襟，就握着短笺，直冲到大门口。可是，那儿是空空的，来客早就走得无影无踪了。她退回到自己的卧室中，嗒然若失地坐在床沿上。打开那张短笺，她反复地看着，读着，耳边响着那窗前的铃声叮当。她大概足足坐了十分钟之久，然后，她迅速地站起身来，换了一件红色的洋装，随随便便地拢了拢头发，镜子里出现了一张苍白的、憔悴的脸庞和一对燃烧着火焰的狂野的眼睛，她看起来有些疯狂。

她走向门口，母亲在后面追着喊："你到哪儿去？你的脸色不好，像在发烧呢！"

"我是在发烧，"她喘息着说，"我周身都冒着火，但我必须出去！"

迎着拂面而来的、暮秋时节的凉风，她打了个寒噤，却觉得自己身体里燃烧的火焰更加炽烈。她的胸腔里蠢动着无数火山中的熔岩，正翻腾着，汹涌着，急切地要从她的身体里迸裂出来。她向前急急地走，走得那样急，好像有千军万马正在她身后追赶她，她手里仍然紧握着那张短笺。

就这样，她停在魏德凯那间小屋之外了。这幢旧式的小房子，曾有多少次她过门而不入。现在，她猛烈地敲着门，并没有顾虑到这屋里会不会有其他的同学。她不顾虑，在这一刻，她什么都不顾虑。开门的是魏德凯本人，他用一对惊喜、仓皇而又眩惑的眸子迎接着她。她直冲了进去，像个火力十足的火车头。房里并没有其他的人，房门刚刚合上，她就举起手里的短笺，直送到他的鼻子前面去，气势汹汹地嚷着说："这是你写的吗？是你送来的吗？"

魏德凯凝视着她，一眼也不看她手里的字条。他的眼光是深沉的，莫测的，又是温柔的，宁静的。这种镇定使沈盈盈更加冒火了，她把字条对着他劈手扔过去，开始大声地，倒水般地怒吼了起来："告诉我，你有什么资格对我送来这样的字条？你凭什么向我示爱？你以为你是个年轻漂亮的客座教授，就能够征服我？你！我告诉你！我讨厌你！讨厌你的骄傲，讨厌你的自信！讨厌你浑身带着的那份满不在乎劲儿！你以为同学们都崇拜你，我也该一样崇拜你吗？你错了！你错了！我从头到尾地讨厌你！现在，收回你的情书吧，离我远远的！我警告你！"

一口气喊完了，她重重地喘着气，眼里冒着火，转过身子，她向门口走去。但是，她被拦住了，魏德凯紧紧地盯着她，目光深深地，深深地，深深地，一直看到她的灵魂深处去。他不说话，也不动，就这样深深地盯着她。这眼光把她给折服了，她怔住了，迷茫了，瑟缩了，迎视着这目光，她觉得自己在变小，变弱，变成了一团烟，一团雾，一团虚无。她微张着嘴，闪动着眼睑，什么话也说不出来了。

时间过去了不知道有多久，然后，她听到他的声音，低低的，温柔的，像一声微喟般的叹息："你的话都说完了吗，盈盈？"

"没……没有，"她嚅动着嘴唇，身子不由自主地向后退，声音软弱得像是窗隙间的微风，"我……我要告……告诉你，我……我……"

她没有说完她的话，因为，一下子，魏德凯的嘴唇已经捉住了她的。她被拥进他的胳膊里去了，那男性的、温暖的、宽阔的胸怀！他的嘴唇压住她，那奇异的、轻飘的、梦似的一瞬！她用手环抱住他的颈项，闭上眼睛，泪水沿颊滚落，她忍声地低低地啜泣，像个在沙漠中经过长途跋涉，而终于找到了一片绿洲的旅人。她低泣又低泣，为她的疲倦，为她的挣扎，为她那说不出来的委屈与欢乐。

他吻着她，不住地吻着她，吻她的眼睛，她的睫毛，她的泪。他的嘴唇凑近了她的耳边，用那种发自灵魂深处的，微带震颤的声音，叹息般地说："天知道，我多爱你，多爱你，多爱你！"

她又忍不住地啜泣，在那低低的啜泣声中，在那心魂如醉的时刻里，她听到的，是那窗下的风铃声，那样如梦似的轻扬着：叮当，叮当，叮当。

【伍】

四周好安静，好安静，一片乌云，正轻悄悄地从天边缓缓地游来。

"告诉我，从什么时候起，你爱上了我？"沈盈盈扬着那长长的睫毛，微笑地看着坐在她对面的魏德凯。秋已经很深了，他们正坐在一条小船上，荡漾在那秋日的、微带寒意的碧潭水面上。

"嗯，"魏德凯含混地应了一声，轻轻地摇着桨，一面注视着沈盈盈，怎样一对摄人心魂的眸子呵！在那特产店中，这对眸子就足以征服他了，不是吗？"我不知道，或者，在见你第一面的时候就开始了！"

"但是，你后来表现得多骄傲！"她带着点薄嗔，"你捉弄我！你折磨我！你明知道我……噢，"她咬咬牙，"想起来，我仍然恨你！"

他望着她，然后，他低下头来，注视着船舷边的潭水。一层薄薄的红色染上了他的面颊，他竟有些忸怩了。微微地含着笑，他轻声地说："不，你错了，盈盈。我不骄傲，我只是努力地在和自己挣扎，我怕你，我怕被你捕获，怕被你征服，我逃避，而最终，仍然不能不对你屈服。"

"逃避？"她盯着他，目光是灼灼逼人的，"为什么呢？为什么你怕爱上我？为什么？"

"嗯，"他不敢看她，他的目光回避地望着潭水，"我不知道，我想，我想……"

"为了你在美国的未婚妻？"她冲口而出。

他迅速地抬起头来，注视着她。

"你说什么？"他问。

"你的未婚妻，"她咬咬牙，"那个美国女孩子，等着你回去跟她结婚的那个女孩子！"

"你听谁说的？"他继续盯着她，仍然在微笑，似乎并不在乎，这刺伤了她。

"怎么，谁都在说，每一个人都知道，你在美国有个未婚妻，是个爱尔兰人，还是苏格兰人……"

"都错了，"他收起了笑，一本正经地说，"是一个印第安人。"她紧紧地望着他，从他那严肃而正经的脸上，你根本无法看出他是否在开玩笑。

"你说真的？"她憋着气问。

"当然是假的，"他慢吞吞地说，"只有傻瓜才会相信我有一个印第安人未婚妻！何况，我在你身上丝毫看不出印第安人的血统来！"

"噢，你——你真是——"沈盈盈大叫着，气呼呼地撩起一把潭水来，泼了他一脸一身。

魏德凯放下了桨，一面笑着，一面作势对她扑过来，嘴里嚷着说："当心，你这个坏东西！看我来收拾你，保管叫你喝一肚子水回去！"

"哦，哦！别，别这样，"沈盈盈又笑又躲，真的害怕了，"好人，别闹，待会儿翻了，我可不会游泳！"

"你还顽皮吗？"他抓住了她的双手，威胁着要把她扔进水里去。

"不，不了，好人！"她央告着，深黑的眼珠雾蒙蒙地望着他，那眼睛里也汪着一潭水，比碧潭的水更深、更黑、更清澈。

他瞪着她，不由自主地叹息，然后，他把面颊紧贴在那双柔若无骨的小手上，再用唇轻轻地吻着它，喃喃地说："哦，盈盈，我多爱你！"

她抽回自己的手来，略带娇羞地微笑着。

"你还没有回答我，关于你未婚妻的事。"她嘟着嘴，不满地说，眼底有一丝娇嗔。

他静静地凝视着她，手扶在桨上，却忘了划动，小船在秋意的凉风下，静悄悄地向下游缓慢地漂着。

"我在美国根本没有什么未婚妻，"终于，他诚挚地说，深深地望进她的眼底，"那些关于未婚妻的话都是谣传。我在中国倒有一个。"

"是吗？"她把握不住他的意思。

"是的，你。"他清晰地说。

她震动了一下，垂下了眼睑。

"你在求婚吗？"她含混地问。

"是的。怎样？你愿意做我的未婚妻吗？"

她很快地抬起睫毛来看了他一眼。

"谈这问题是不是太早了？"她支吾地说，"我还没有大学毕业呢！"

"只有一年半了，我等你。"他说，望着那颗低俯着的、黑发的头颅，和那微微向上翘的小鼻梁，"我们可以先订婚，等你大学毕业之后再结婚。我要向学校当局要求，延长客座教授的时间。好吗，盈盈？"

"你要当一辈子的大学教授吗？"她仍然注视着潭水，一面无意识地用手指在潭水里搅动着。

"是的，我喜欢年轻人，我也喜欢书本。如果你和我结了婚，你的同学们将喊你一声师母了。"他笑着，沉湎在一份喜悦的浪潮里，"告诉我，盈盈，你可愿意嫁给我？我们将有个小小的小天地，有个小小的家。我不富有，盈盈，但我们的小天地里会充满温暖和甜蜜，我保证。怎样，盈盈？"

红晕染上了她的面颊，羞涩飞上了她的眉梢，她默默地微笑，不发一语。

"或者，你嫌弃我？"他刺探地，深思地说，"我的世界对你会太小吗？这就是我一直担心着的问题，也是我逃避你的最主要的原因，我怕你。"

"哦，"她抬起头来了，询问而不解地望着他，"我不懂你的意思。"

"你太强了，盈盈。"他发出一声低低的、微喟似的叹息，"你的世界太大，你浑身充满了野性和热力，你太美，你有太多的崇拜者，你有野心，你有壮志，我怕我的怀抱太小，会抱不住你。到了那时候，将是我的悲剧的开始。所以，我怕你，我真的怕你，盈盈！"

"哦！"她喊着，眼睛里冒着火，"你以为我是怎样的人？你以为我是虚荣的、世俗的吗？你看轻了我！"她挺直了背脊，用力地说，"我告诉你吧！德凯，我这辈子会跟定了你！不管你做什么，我跟你上刀山，跟你下地狱，跟你上天堂！"

他一把抓紧了她的双手，他的眼睛闪亮，紧紧地盯着她，喜悦笼罩在他整个的脸庞上，他的胸腔剧烈地起伏着。他喘息，他呻吟："真的吗，盈盈？这是你的许诺吗，盈盈？永不会反悔吗，盈盈？"

"是的！是的！是的！"她一连串地回答。

他打开了她的手掌，把自己的脸孔埋进她的掌心中，用嘴唇紧压着那小小的手掌。忽然间，她发出一声惊呼，他抬起头来，这才发现，他们的小船已经滑向下游的一个大水闸旁，眼看就要卷进那瀑布般的水流里。魏德凯慌忙拿起桨来，用力地划开了小船，当他们划到了安全的地方，两人松了一口气，禁不住相视一笑。

"即使你要把我带到瀑布下的水流里，我也跟你去！"她一往情深地说。

"我不会，"他说，"我会给你一个小天地，一个充满了宁静、温暖和安详的小天地。"

他们默默相视，无尽的言语都在彼此的眼睛里。然后，他又继续划动了桨。她的身子向后舒适地倚着，眼光无意地移向了天空——一片好辽阔好辽阔的天空，那么广大，那么澄净，那么无边无际，你简直不知道天外边还有些什么。一时间，她有些神思恍惚，她忽然无法揣想，属于德凯的那"小天地"里有一些什么了。

四周好安静，好安静，一片乌云，正轻悄悄地从天边缓缓地游来。

【陆】

他仍然微笑着，但那笑容里含着那样深切的一层悲哀，这使她心中一凛，再加上那铃声，那清清脆脆的铃声，唤起了许许多多回忆和灵性的铃声……

是的，乌云是无声无息地飘浮过来了。

自从《罗密欧与朱丽叶》上演之后，沈盈盈的名字就自然而然地响了起来，她的美，她的演技，几乎是远近闻名的。在校内，她是校花。在校外，更有无数的人在觊觎着她的美丽。于是，一天，她对魏德凯说："人家都鼓励我去参加选美，你说呢？"

魏德凯深深地注视着她。

"别问我意见，盈盈。"他低低地说，"问你自己吧！如果你想参加，就参加吧！"

"你不反对吗？"

魏德凯深思地微笑了一下。

"我不反对，但我也不赞成，"他慢吞吞地说，"你该自己决定你自己的事情。但是，记住一件事，盈盈。选美是选你的外表，而美丽的外表都是与生俱来的。胜了，你该谢谢造物者，败了，也不必难过。最主要的，不论胜与败，你该保持一颗美丽的心。"

"哈！到底是教书教惯了，一句话引出这么多的教训来！"沈盈盈说着，站在镜子前面，她正在魏德凯的小房间里。她打量着镜子里的自己，看着镜子里那张顾盼神飞的脸，她不自禁地有些沾沾自喜。站到魏德凯的面前，她扬着眉说，"我告诉你吧，德凯，我一定会成功！一定会胜利的！"

于是，一连串的竞选活动展开了。沈盈盈惊奇地发现，自己身边竟会拥出那么多助选的人来。她整日被人群包围着，忙得晕头转向。她要做衣服，要学美容，要招待记者，要参加许多重要的宴会。选美还没开始，她已整日忙得马不停蹄，连学校的课都没有时间上了。魏德凯对她的选美抱着一种淡漠的、旁观的态度，他和助选团那群人格格不入，他也不参加任何助选活动，他是这段时间里，和她说恭维话说得最少的一个人。然后，发现自己反而碍她的事之后，他干脆退开了，把自己深深地藏在那小屋里。有时，她会像一阵旋风一样卷到他的屋子里来，把一张闪耀着光彩的脸，和一对发亮的眼睛，凑到他的面前来，好抱歉好抱歉地说："对不起，德凯，等我忙过这一阵，一定好好地陪你！别生气呵，德凯！"

魏德凯会摇摇头，勉强地笑笑。于是，她会哄孩子似的弯下腰，吻他的面颊，吻他的额，吻他的眼睛和耳朵，低低地，抚慰地说："告诉我，这几天，你在做些什么呢？"

"只是坐在这儿，"他安静地回答，"听那窗前的风铃。"

这就是他的答复，这种答复常引起她一阵恻然与内疚，只为了，他们曾共同听过无数次的风铃声响，在那铃声叮当下编织过无数的绮梦。但是，这种恻然和内疚很快就被那五彩缤纷的生活冲淡了。她太忙，太兴奋，选美的热潮淹没了她，她再也无暇来领略那风铃的韵味了。

然后，选美开始了，经过了初选、复选、决选，她一关一关地突破，以绝对的最高分领先。每一次的胜利，都带来更多的崇拜者，听到更多的掌声和欢呼。她眩晕了，她陶醉了，她快乐地周旋在那些拥护者之中，像个美丽的蝴蝶，迎着阳光扑扇着她那彩色闪亮的翅膀，不住地穿梭着，飞舞着。

终于，最后一次的评选结束了。沈盈盈以第一名当选，当她站在那选美的舞台上，让主席把那顶缀满珠饰的后冠罩在她头上，听着四面八方震耳欲聋的掌声，她喜悦，她振奋，她觉得自己已经掌握了整个世界。挺立在那儿，她微笑，她扬眉，她对人群挥手。呵，掌声，掌声，掌声……她从没有听过那么美丽的声音，她再也记不得风铃的声响了。

选美之后，有一次盛大的庆功宴，魏德凯虽然参加了那宴会，却早早地就悄然而退。事后，当沈盈盈盛气凌人地跑到他屋里去责备他的时候，他只是怅然地微笑着，轻声地说："原谅我，盈盈，那种环境使我眩晕。"

"为什么？你见不得世面！你永远生活在一个狭窄的世界里，你就不知道这世界有多大！"

"或许，"他勉强地笑着，"我只能生活在我的小天地里，那是个小小的天地！"

"小天地？什么叫小天地？你有的只是一个蜗牛壳罢了！你一辈子只能缩在自己的壳里过日子！"

他不语，只默默地抬起头来，望着那悬挂在窗前的风铃，这时正是初春，一阵风过，铃声叮当。他仍然微笑着，但那笑容里含着那样深切的一层悲哀，这使她心中一凛，再加上那铃声，那清清脆脆的铃声，唤起了许许多多回忆和灵性的铃声……她猛地发出一声喊，扑过去，她抱住了魏德凯的颈项，热烈地吻他，一面嚷着说："饶恕我！饶恕我！我不知我在说些什么，你饶恕我，我只是个不懂事的孩子！"

他拥住了她。一刹那间，她看到他的眼底漾满了泪。他吻她，深深地，切切地，辗转地吻她。然后在她耳畔低沉地说："记住，我爱你，盈盈，不单是你那美丽的外表，也爱你那份灵气，那份善良和纯真。现在，你身边包围着爱你的人们，他们是否都能认识你的心灵？"

她低下头，用手环抱住他的腰，然后把面颊深深地埋进他胸前的夹克里，闭上眼睛，她觉得一阵心境虚空，感到满心的恬然与宁静。在这心与灵交会的一瞬，她比较了解他了，他的境界和他的"小天地"。她低低叹息。一时间，两人都默然不语，只有窗前的风铃，兀自发出一连串又一连串的叮当。

可是，没多久，她被派到国外去参加一项国际性的选美了，新的选美热潮又鼓动了她。当她载誉归来，她已不再是个默默无闻的女学生，而成为家喻户晓的大人物了。她的照片被登在报纸的第一版，记者们追踪着她的一举一动，连那爱吃牛肉干的习惯都会变成新闻见报。于是，电视公司访问她，杂志报章报道她，电影公司也开始争取她了。

"你认为我去演电影怎样？"她问魏德凯。

"你会成为红演员。"他答得干脆。

"你的意思是赞成我去演？"

"我不知道我的赞成与否对你有什么影响力，我想，你自己早已经决定了。"他闷闷地说。

"你猜对了！"她兴高采烈地叫着，"事实上，我昨天已和××电影公司签了三年的合同，你猜他们给我多少钱一部戏？十万元！"

他盯着她。

"我以为……"他慢吞吞地说，"我们是有婚约的。"

"哦，你不能泼我的冷水，我现在不要结婚，我的事业刚开始，我不能埋没在婚姻里！你也无权要求我放弃这样优厚待遇的合同，也放弃一大段光明灿烂的前途，是不是？"

"说得好！我是无权！"他咬咬牙，"我早就说过，你有权决定自己的事情！"

"那么，别管我，我要演电影，我要成功！我要听掌声！"

"掌声能满足你吗？只怕有一天，掌声也不能满足你！你根本不知道自己在追寻些什么！"他注视着她，语重心长地说。

"你只是嫉妒！你不希望我成功，不希望我压倒你，不希望我被群众所拥戴，你自私！德凯，你完完全全是自私，你要占有我！"

"你的话有些对，"他说，"爱情本身就是自私的，但是，你却无法责备爱情！"

"如果你真爱我，"她用那对燃烧着光彩的大眼睛，灼灼地逼视着他，"你就等我三年！"

"恐怕不止三年，"他悲哀地笑着，"三年以后，你会接受新的合同，那时的待遇会涨到二十万。谁知道呢？你是不是要求我等三年，或者，竟是三十年。"

"如果是三十年，你等吗？"她逼视他，"昨天还有个男人对我说，要等我一辈子呢！"

他站起身来，走到窗前去，用背对着她。他的声音变得僵硬而冷漠了："别把我算进去，我不会对你说这种话，我也没有那份耐性！去演电影吧，反正有的是男人等着你！"

"你呢？"她冒火地喊，"你不等，是吗？"

"是的，我不等。"

"你卑鄙！你下流！你混账！"她大骂着，愤怒地喊着，"你的爱情里没有牺牲！只有自私！我不稀罕你！我也不要你等我，我们走着瞧吧！"

砰的一声，她冲出房间，重重地带上房门，走了。

于是，她开始了水银灯下的生活。她的照片成为大杂志的封面，她出席各种社交活动，她上电视，她唱歌，她表演，她参加话剧的演出，不到三个月，她已经红了，红透了半边天。她身边围绕着男士们，她几乎不去上课了，以前包围在她身边的男同学，像宋中尧等人早已不在她的眼睛里。她的生活是忙碌的、紧张的、刺激的、多彩多姿的。她学会了化妆，她懂得如何打扮自己，她是更美、更活跃、更迷人，也更出名了。

然后，一天深夜，她在片场拍完了一场戏，正要收工回家，魏德凯忽然出现了。

"我要和你谈谈。"他说，眼睛里布满了红丝，身上带着浓重的酒气。

"你喝了酒？"她惊奇地问。

"是的，我想我有点醉，这可以增添我的勇气，对你说几句心里的话！"

"要说就快说吧，还有人等着要请我吃消夜！"她说，不耐烦地。

"你打发他们走，我们散散步。"

"不行，会得罪人。"

"那么，好，我就在这儿说吧！"他喘了口气，脸上的肌肉被痛苦扭曲了，"我来告诉你，我要你，我爱你，我离不开你！摆脱这所有的杂务吧，嫁给我！跟我走！好吗？"

"你醉了。"她冷冷地说。

"没有醉到不知道自己在做什么的地步！"他说，抓住她的手腕，他的眼睛迫切地盯着她，声音颤抖，"跟我走！我求你，因为没有别人比我更爱你，更了解你！"

"哈！"她嗤之以鼻，"别自作聪明了！你从来就没有了解过我！告诉你吧，我不会跟你走，也不会嫁你。"她垂下了眼睑，一时间，她有些难过了，她看出眼前这男人是如何在一份痛苦的感情中挣扎着，而毕竟，他们曾有过一段美好的时光。叹了口气，她的声音柔和了，"我很抱歉，德凯。你也看得出来，现在的局面都不同了，我已经不是以前的沈盈盈了，也不再是你的风铃小姐。放掉我，回美国去吧，你会找到比我更适合你的女人，能跟你一起建立一个小天地的女人！"

"那个女人就是你！"他鲁莽地说，眼眶湿润，"你一定要跟我走，盈盈，我求你。我这一生从没求过人，可是，现在，我求你。我已经把男性的自尊全体抛开了。嫁我吧！盈盈，你会发现我那个天地虽小，却不失为温暖安宁的所在。我将保护你、爱护你，给你一个小小的安乐窝。盈盈，来吧！跟我在一起！"

他一连串急促而迅速地说着，带着那样强烈的渴望和祈求。他那潮湿的眼睛又显出那份孩子气的任性和固执、痛苦和悲哀。这绞痛了沈盈盈的心脏。但是，望着那片场中的道具，和那仍然悬挂着的水银灯，她知道自己是永不会放弃目前这份生活的。她已经深陷下去，不能也不愿退出了。他那"小天地"对她的诱惑力已变得那样渺小，再也无法吸引她了。

"原谅我，"她低低地说，"我不能跟你走。"

"但是，你说过，你将跟我上刀山，跟我下地狱，跟我进天堂！"

"是的，我说过，"她痛苦而忍心地说，"但那时我不知自己在说什么，我想，我对你的感情，只是一时的迷惑，我还太年轻。"

他瞪着她，脸色可怕地苍白了起来。她这几句话击倒了他，他的眼睛里冒着火，他的嘴唇发青，他的声音发抖："那么，你是连那段感情也否决了？"

"抱歉，德凯。"她低下了头，畏怯地看着地面，嗫嚅地说，"你放了我吧，你一定可以找到比我更好的女人。"

　　他沉默了片刻，呼吸沉重地鼓动着空气。终于，他点点头，语无伦次地说："好，好，可以。我懂了，我总算明白了。没什么，我不会再来麻烦你了。事实上，我早知道会是这样的结果，只怪我不自量力。好，好，我们就这样分手吧！你去听你的掌声，我去听我的——风铃。哈哈！"他忽然笑了起来，笑得凄楚，笑得怆恻，"风铃！"他盯着她，"你可曾听过铃声的叮当吗？"推开她，他仰天大笑，"哈哈哈！哈哈哈！"

　　用力地掉转头，他走了。她含着泪，却忍心地看着他的背影，一面笑着，一面踉跄地、孤独地隐进那浓浓的夜雾里。

　　这就是她最后一次见到他，没多久，她听说他回美国去了，从此就失去了他的消息。

【柒】

　　"你可愿意和我共享一个小天地吗？"他慢慢地说，"一个小小的小天地。"

　　多少年过去了？五年？不，六年了。在这六年中，世界已有了多少不同的变化。她如愿以偿地成功了，跃登为最红的女演员，拿最高的片酬，过最豪华的生活，听最多的掌声。但是，一年年地过去，她却逐渐地感到一份难言的空虚和寥落，她开始怀念起那风铃的叮当声了。多少个午夜和清晨，她在糅合着泪的梦中惊醒，渴望着听一听那风铃的叮当。从尘封的旧箱笼中，翻出了那已变色的风铃，她悬挂起来，铃声依然清脆，她却在铃声里默默地哭泣，只为了她再也拼不拢那梦的碎片了。

　　不知从何时开始，她作了一支曲子《风铃》，这成为她最爱唱的一支歌，她唱着，唱着，唱着，往往唱得遗忘了自己——她看到一个懵懂的女孩，怎样在迷乱地摸索着她的未来。成长，你要为它付出何等巨大的代价！

　　今夕何夕？今夕何夕？

　　那是真的吗？再听到那人的声音，再听到他低声的呼唤。那是真的吗？可能吗？故事会有一个欢乐的结局，她不敢想。可能吗？可能吗？今夕何夕？

她用手托着下巴，忘了卸妆，也忘了换衣服，只是对着镜子痴痴地出着神。

门上一阵轻叩，有人推门走进来："沈小姐，外面有人找！"

她惊跳起来，来不及换衣服了。抓起梳妆台上的小手提袋和化装箱，她走出了化装室，神志仍然恍惚。

"嘿！盈盈！"

一声呼唤，多熟悉的声音！她抬起头来，不太信任地看着眼前那个男人，整齐、挺拔、神采奕奕！那对发亮的、笑嘻嘻的眼睛紧紧地盯着她。他的变化不大，依然故我地带着那份天真和潇洒，只是眉梢眼底，他显得成熟了，稳重了。沈盈盈好一阵心神摇荡，仿佛她又回到那特产店中，和×大的校园里去了。"还记得我吗？"他问，伸手接过她手里的化装箱。

"是的，"她微笑着，却有些酸涩，"那个找不着教室的新生。"

他笑了，笑容依然年轻，依然动人。她也笑了。

"那个风铃，"他盯着她，眼睛亮晶晶的，"好吗？"

"是的，没生病。"

"我那个，也没生病。"他说。

他们又笑了起来，旧时往日，依稀如在目前。她笑着，眼前却忽然间模糊了。

走出了电视公司，他们站在街边上。

"我们去哪儿？"他问。

"愿意到我家坐坐吗？"她说。

"不会不方便？"

"很方便，我自己有一栋公寓房子。"

他不再说话，叫了一辆计程车，他们坐了进去。

"到台湾多久了？"她问。

"刚好一星期。看了两部你演的电影，又在电视上看到你好几次，恭喜你，盈盈，这几年你没有白过！"

她苦笑了一下，她不想谈自己。"成就"两个字是多方面的，或者，大家都看到了她的成就。但那心灵的空泛呢？如何去填补？

"还是回来当客座教授吗？"

"是的，老行业。"

"结婚了吗？"终于，她问了出来，这句话已哽在她喉咙里好半天了。

"是的。"他笑笑，轻描淡写地说，"有两个孩子了，一男一女。"

"哦，"她轻嘘一口气，"真快，不是吗？"她心底漾开了一片模糊的酸涩。

"好多年了，你知道。"

"是的——"她拉长了声音，"你太太，是外国人吗？"

"不是爱尔兰人，也不是苏格兰人，更不是印第安人！"他笑着，显出一种单纯的幸福和满足，"她是中国人。一个很平凡，但是很可爱的女人。"

"你们一定有一个共同的、温暖的小天地了？"她说。觉得心里的那片苦涩在扩大，一层难言的痛楚和失望抓住了她。那小天地！她原该是那小天地中的女主人呵！但是，她放弃了，她不要了，她要一个更大的天地，更大的世界，可是，她到底得到了些什么呢？那些恭维，那些赞美，是何等虚泛！"你身边包围着爱你的人们，他们是否都能认识你的心灵？"是谁说过的话？那么久以前！呵，她所轻视的小天地！如今，她是一丁点立足之地都没有了。

"哦，是的，我们那小天地很美很美。"完全看不出她情绪上的苦涩，他高兴地回答着，眼睛发亮，脸庞发光，"一个最完美、最甜蜜的小家庭，我的妻子……"他看着她，微笑而深思地说，"她的世界就是我，你懂吗？"

"你确实抵得上一个世界。"她说，轻轻地。感到那份混合着妒忌的失意。

"是吗？"他更深地盯着她，"并不是每个女人都这样看我，也曾有个女人认为我抵不上一粒沙。"

她的脸涨红了，不由自主地咬了一下嘴唇。那个女人是个傻瓜！她想。

"别提了，好吗？"她说，"你太太和孩子也到台湾来了吗？"

"没有，他们在美国，我只教一年就要回去。"

"哦，"她微喟着，"很想认识他们。"

"你呢？"他凝视她，"怎样？除了事业上的成功以外，感情上的呢？想必也有很大的收获吧！"

"我的眼光太高了，"她微笑着，"我觉得，孤独对于我更合适些。"

"你孤独吗？"他继续盯着她，"我想你不会孤独，很多人包围着你。"

"因为有很多人包围着，所以才更孤独！"她含蓄地，深沉地，叹息地说。

他一震，他的眼睛闪亮了一下，她迎视着他的目光，顿时，她觉得心脏紧缩，眼眶湿润，她看出来了，这男人了解她，一直了解到她的内心深处。这就是她在许多年以来，梦寐以求的那种了解呵！

车子到了目的地，停下来了。他跟着她走进她的寓所，那是幢豪华的公寓。在那布置华丽的客厅中坐了下来，用人送上了一杯芬香馥郁的茶。

"记得你爱喝茶。"她说，微笑地望他，"你坐一下，我去换一件衣服。"

　　她进去了，片刻之后，她重新走了出来，魏德凯禁不住眼睛一亮。她穿了件家常的，浅蓝色的洋装，披散了满头美好的长发，洗去脸上所有的妆，在毫无铅华的情况下，显出一份好沉静、好朴素的美。魏德凯眩惑地望着她，一瞬间，她似乎又变成了那个纯洁的女学生。所不同的，是一份成熟代替了当初的稚嫩，一份宁静取代了当初的任性。他一瞬也不瞬地注视她，慢慢地吐出一口气来。

　　"你更美了，盈盈，而且，成熟了。"

　　"我为成长付出过很高的代价。"她轻声说，不能遏止自己那澎湃的感情和深切的感伤。

　　"举例说，是什么？"

　　"你。"她冲口而出地说，立即，她后悔了，但已无法收回这个字，于是，泪迅速地涌进了她的眼眶。

　　他怔了怔，然后，他的一只手盖上她的手背，他的声音是激动而略带不信任的。

　　"是真的吗？"他轻问。

　　她很快地站起身来，摆脱了他，走向窗前去。不行，以前已经错了，她失去了他！现在她必须克制自己，不能再错，去破坏一个小天地的宁静，她没有这份权利呵！

　　"我在开玩笑，"她生硬地说，武装了自己，"你别和我认真吧！"

　　他走了过来，站在她身旁。

　　"是吗？是开玩笑？我想也是的，"他自我解嘲地笑笑，"我敢说，这几年以来，你从没有想到过我，是不是，你想到过吗？"

　　"哦，"她嗫嚅着，睇视着夜空中的几点寒星，"我很忙，你知道，"她横了横心，"我根本没有什么时间来思想。我要拍戏，要唱歌，要上电视，要灌唱片……"

　　她的声音陡地中断了，因为，在一阵夜风的轻拂下，那窗下悬挂的风铃忽然发出一连串的轻响，这打断了她的句子，扰乱了她的情绪。霎时，魏德凯惊喜地抬起头来，望着那闪闪发光的风铃，高兴地说："你买了个新风铃！"

"不，这是原来那个风铃！"她说。

"原来那个？"他瞪着她。

"是的，你送的那个，我每天用擦铜油擦一遍，使它完整如新。"

他静静地注视着她，怎样的注视！她瑟缩了，害怕了，不由自主地，她向后退，泪逐渐地弥漫开来，充盈在眼眶里了。

他向前跨了一大步，他的手捉住了她的手腕，他的声音低沉而喑哑："是吗，盈盈？你每天擦一遍，使它完整如新？是吗，盈盈？"

"放开我，"她轻声说，泪滑下了她的面颊，"我已无权……我不能伤害你的妻子……"她低泣着。泪闸一旦打开了，就一泄而不可止。"我梦过许多次，再见到你，我有许多话想对你说，但是……但是……"她泣不成声，"我已没有这份述说的权利……放开我，求你……"

他捧起她的面颊，深深地凝视她。

"可是……"他慢吞吞地说，"我没有妻子呵。"

"哦？"她带泪的眸子睁大了。

"没有，盈盈，我没有妻子，也没有孩子！曾经沧海难为水，除却巫山不是云。你了解吗？那些关于妻子和儿女的话是我编造出来的，我不能不先武装自己，因为我太怕再受一次伤害。那旧的创痕还没有痊愈，我怕你会再给我一刀，那我会受不了。如果你今晚在电视台不唱那支《风铃》，我是怎样也没有勇气来看你的，你懂了吗？"

"哦？"沈盈盈瞪视着他，那蓄满了泪的眸子好清澈，好明亮，又好凄楚，好哀伤，带着那样楚楚可怜的、祈谅的神情，痴痴地望着他，"真的？"

"真的。"他诚恳地说，继续捧着她的面颊，"我来找你，只想问你一句话。"

"哦？"

"你可愿意和我共享一个小天地吗？"他慢慢地说，"一个小小的小天地。"

她注视他，默然不语，但是，泪珠滚下了她的面颊，而一个喜悦的，动人的，而又深情的笑容浮上了她的嘴角。那笑容那样使人动心，以至他再等不及她的答案了，就迫切地把自己的唇紧压在那个笑容上。

房里好静，好静。只有窗前的风铃发出一连串清脆的叮当。

一九七〇年四月

柳树下

"拜伦呢？雪莱呢？爱伦·坡呢？"

他沉思片刻。

"一样，全一样。是'我爱你'的意思。"他说，重新吻住了她。

竹风，窗外正下着细雨，这正是"雨横风狂三月暮"的时节。现在是黄昏，窗外那些远山远树，都半隐半现在一片苍茫里。整个下午，我都独自坐在窗前，捧着一杯香茗，静静地沉思。沉思！我真是沉思了好长好长的一段时间，我的思绪始终飘浮在窗外那斜风细雨中。"门掩黄昏，无计留春住"，我承认，我有些萧索，有些落寞，有些孤独。但是，萧索、落寞、孤独，都是刺激心灵活动的好因素，所以，我又有了说故事的欲望。听吧！竹风，我要讲一个故事给你听，一个小小的故事，关于一个小女孩。听吧！竹风。

【壹】

　　她静静地坐着，她的思想沉浸在一条记忆的河流里，在那儿缓慢地、缓慢地流动着，流动着，流动着。流走了时间，流走了一段长长的岁月，她成了一个小女孩。一个小小的女孩。

　　那棵老柳树生长在溪边，有着合抱的树干，有着长垂的柳条。夏季里，它像一把绿色的大伞，伞下覆盖着一个绿茵茵的小天地。冬天，它铺了一地的落叶，光秃秃的柳条在细雨纷飞中轻轻飘动，挂了一树的苍凉与落寞。春天，枝上的新绿初绽，秋天，所有的绿色都转为枯黄……再也没有一棵树，像这棵老柳树那样对季节敏感，那样懂得寒温冷暖，那样分得清春夏秋冬。或者，这就是荷仙如此热爱这棵树的原因吧！她曾对宝培说过："这棵树是有感情的，我告诉你，它会哭，它也会笑，它还会说话。"

　　真的，当冬天来临的时候，那些长垂的枝条，挂着无数的雨珠，一滴一滴地滴落下去，你能不信它在哭吗？而春天到了，枝上那一个个淡绿色的小叶蕾，那样兴奋地、喜悦地，迎着初升的朝阳绽放开来，那翠翠的、嫩嫩的绿在阳光下闪亮。你能不信它在笑吗？夏天的时候，枝叶扶疏，一阵风过，那叶条儿簌簌作声，你闭上眼睛倾听吧！你能不信那树在说话吗？宝培说："你懂得这棵树，它是你的。"

　　这树是她的吗？荷仙不知道，她从不知道这世界上有什么东西是该属于她的。但是，在多少的风朝雨夕，多少的月夜清晨，她却习惯于走到这棵树下，向这棵树倾吐她的心迹，她的悲哀，她的烦恼，她的寂寞，她的快乐以及她的希望。她向它倾吐一切，这棵树是世界上唯一知道她心底每个秘密和每根纤维的生物。

　　而现在，她就呆呆地坐在这棵树底下，夜已深沉，月色朦胧，几点疏疏落落的星光点缀在黑暗的穹苍里。溪水静悄悄地流着，河面上反映着星星点点的光芒。她坐着，倚靠着那老树的树干。她那长长的头发编成了两条发辫垂在胸前，那沉静的黑眼珠，一瞬也不瞬地看着河面，河面反射的星光和她眼中的泪光相映。她静静地坐着，她的思想沉浸在一条记忆的河流里，在那儿缓慢地、缓慢地流动着，流动着，流动着。流走了时间，流走了一段长长的岁月，她成了一个小女孩。一个小小的女孩。

【贰】

这是荷仙第一次看到宝培，那年，她七岁，他九岁。

她的名字叫荷仙，因为她生在荷花盛开的季节。她的母亲说："呵，一个女孩！愿她像荷花仙子一样美丽！"

于是，她的父亲给她取名叫荷仙。但是，她的出世带来了什么呢？她还没有满月，母亲就因产褥热而去世了。父亲捧着襁褓中的她，诅咒地说："荷仙！你这个不祥的、不祥的、不祥的东西！"

四岁，继母来了。继母长得很漂亮，细挑身材，瓜子脸，长长的眉毛，水汪汪的眼睛。她常默默地瞅着荷仙，从她的头看到她的脚。一年后，继母生了个弟弟，再一年，又生了个弟弟。家中的人口增加了，她那做木工的父亲必须从早忙到晚。六岁，她背着弟弟在河边洗衣服，摔了一跤，摔破了弟弟的头，继母用鞭子抽了她两小时，父亲指着她诅咒："荷仙！你这个不祥的、不祥的、不祥的东西！"

弟弟头上的创伤好了，她身上的鞭痕还没痊愈。

有一支古老的小歌，可以唱出她的童年：

　　　　小白菜呀，

　　　　地里黄呀，

三岁整呀，

没了娘呀！

跟着爸爸，

还好过呀，

只怕爸爸，

娶后娘呀！

娶了后娘，

三年整呀，

生个弟弟，

比我强呀！

弟弟吃面，

我喝汤呀，

端起饭碗，

泪汪汪呀！

七岁，继母的肚子又大了。父亲坐在门前的长板凳上皱眉头，继母坐在一边的小竹凳上择黄豆芽，一边择着，一边轻描淡写地说："荷仙这孩子，虽然命硬，长相倒是不坏的。反正女孩子家，带到多大也是别人的。上回听前村张家姑娘回娘家的时候说，他们镇上有家姓方的，家里蛮有钱，要买一个女孩子，只要模样长得好就行了，出的价钱还不低呢！只怕别人看不上荷仙，要不然，倒也是荷仙的造化呢！"

就这样一番话，就决定了荷仙的命运。于是，在一个寒风恻恻，细雨霏微的黄昏，她跟着那个张家姑姑，在坐了那么长的一段火车之后，来到了这个全然陌生的村落，第一次走进了方家的大门。

她还记得自己拎着个小包袱，瑟缩而战栗地站在方家的大厅内，像个小小的待决的囚犯。那方家的女主人（后来成为她的养母，她叫她"妈"了）用一对锐利而清亮的眸子，上上下下前前后后地打量她。养母有张细长的脸，有对明亮的眼睛，头发乌溜溜地在脑后盘了个髻，穿着身翠蓝色的衣衫和裤子，好整齐、好清爽、好利落的样子。她嘴边带着个似笑非笑的表情，声音好清脆，像是小铜匙敲着玻璃瓶发出的丁零声响："样子嘛，是长得还不错，只是太瘦了一点，看样子身体不太好，我想要个壮壮的，结实点的。要不然，三天两头生病，我可吃不消。"

"方太太，别看她瘦小，倒是从小不生病的。是不是，荷仙？"张姑姑在一边一个劲儿地推着她，推得她一直打着趔趄。天气冷，她冻得手脚僵僵的，张开嘴来，只是发抖，一句话也没说出来。

"长得挺灵巧的，怎么不说话？"方太太仍然似笑非笑地盯着她，"脑筋没毛病吧？"

"啊，才聪明呢！她只是认生罢了！"张姑姑又推了她一把，"叫人哪！荷仙，叫声妈吧！"

她怔了怔，张开嘴，好不容易地喊了出来："妈！"

方太太在房里绕了一圈，还没说话，房门陡地被推开了，一个男孩子直闯了进来，背着书包，穿着小学校的制服，一眼看到房里有人，他紧急刹车，收住了往里冲的脚步。一对骨碌碌转着的大黑眼珠，那么新奇地、惊讶地盯在荷仙的脸上。方太太笑了，一把拉过那个男孩子来，她说："噢，宝培，你倒看看，你可喜欢这个妹妹吗？假若你喜欢，我们就留下她来，将来给你送作堆。（注：台湾习俗，养女与其养兄，在成年后可结为夫妇，俗称'送作堆'。）你说，你喜不喜欢她？说呀！说呀！我们要不要留下她来？说呀，宝培！"

荷仙不由自主地低垂了头，虽然，她对于"送作堆"的意思根本就不了解，却本能地有份难解的羞涩。低下了头，她又无法控制自己的好奇，偷偷地，她从睫毛下去窥视那男孩子，那明朗的大眼睛，那挺秀的眉毛，那清秀而又调皮的脸庞……发现她在看自己，那男孩子咧开嘴嘻嘻一笑，吓得荷仙慌忙垂下了睫毛，头俯得更低了。方太太还在一个劲儿地问着："喜欢吗，宝培？别净站在这儿傻笑！喜欢，就为你留下来，说呀！傻瓜！"

"哦！我……我不知道！"男孩子终于冲出一句话来，接着就对着荷仙又是嘻嘻一笑，背着书包，就一溜烟地跑掉了。

方太太笑逐颜开了。拉着荷仙的手，她笑着说："好吧！你就留下来吧！"

这是荷仙第一次看到宝培，那年，她七岁，他九岁。

【叁】

　　成长，往往就是这样不知不觉的，一下子，你就会发现自己长大了。

　　养父母没有女儿，宝培是独子。因此，荷仙走进方家来，倒真成了她的造化。养父母家境宽裕，不需要她干活儿。暑假之后，她就被送进了小学，接受义务教育。宝培比她高两级。

　　他们一起上学，一起回家。荷仙的功课不会做，宝培教她。宝培在学校里和同学打架，荷仙站在一边掉眼泪。日子一天天地过去，他们比一般亲兄妹的感情更好。宝培珍惜这个突然得来的妹妹，荷仙却在一种几乎是惊喜和崇拜的情绪中，像个小影子般跟随着宝培。一连好几年，荷仙的口头语都是："宝培说的……"

　　是的，宝培说的就是法律！就是真理！就是她所依从的规则。她常仰着小脸，那样热烈地看着宝培，听他说话，听他唱歌，听他吹口哨，呵！他的口哨吹得那么好听，世界上没有一个人能赶得上他！他的歌声也是。他的手工也是第一流的，他做的风筝比买来的还好，他用泥巴捏的小人儿都像活的……他什么都会，什么都强，什么都能，他是她的上帝，她的神，她的主人！

　　九岁，她跟他到溪边玩，这棵老柳树已经成为他们的老朋友，看着他们在溪边捉迷藏，看着他们在一点一点地长大。那是夏天，烈日像火般地烧灼着大地，两个孩子都晒得脸颊红扑扑的，额上的汗珠仍然在不断地沁出来。宝培在老柳树下一坐，呼出一口气来说："太热了，我要到河里去游泳！"

"你去，我帮你看衣服！"荷仙说，当然，宝培的游泳技术也是世界上最好的。

宝培脱掉了衣服和鞋子，只剩下一条短裤，走到溪边，他一蹿就蹿进了溪水中。在水里，他来往穿梭，像一条小小的银鱼。荷仙羡慕而崇拜地看着他，他多能干！他多勇敢！

宝培从水中仰起头来，对她叫着说："这溪水凉极了，好舒服！荷仙，你也下来！"

"可是……可是……"荷仙好犹豫，"可是，我不会游泳哪！"

"你学呀！快下来！"

"很容易学吗？"荷仙有些瑟缩。

"怕什么？有我呢！"小男孩挺了挺胸，一个仰游冲了出去，好逍遥，好自在。

真的，怕什么？有他呢！有宝培呢！怕什么？他是神，他是上帝，他无所不能！怕什么？他在叫她，他在对她招手，他要她下去。她脱掉了裙子，也只穿一条短裤，走到浅水中，她叫着说："宝培，我来了！"

就呼的一声冲进了水中，那样没头没脑地对着那溪水一个倒栽葱钻了下去。一股水堵住了她的口鼻，她不能呼吸，她不能看，她不能叫。那溪水的寒冽沁进了她的肺腑，迅速地包裹了她。她张开嘴，水从她口中直冲进去，她不由自主地咽着水，窒息使她的头涨痛昏沉，使她的意识迷离飘忽。但是，她不恐惧，她一点也不恐惧，她心里还在想着："怕什么？有宝培呢！"

然后，她失去了知觉。

醒来的时候，她躺在老柳树下面的阴影里，头仍然昏昏的，耳朵里还在嗡嗡作响，她张开嘴，吐出好多水来。于是，她发现宝培正在胡乱地搬动着她，呼叫着她，他那张清秀的面庞好白好白。看到她睁开眼睛，他长长地吐出一口气来，说："荷仙，你吓坏我了！"

她对他软弱地笑笑，真不该吓坏他的！她好抱歉。

"你没有怎样吧，荷仙？"他跪在她身边，俯身看她，"你好吗？"

她点点头。

"怕吗？"

她摇摇头，勇敢地微笑着。

"怕什么？"她由衷地说，"有你呢！"

十三岁，她从小学毕业，他已经是初中二年级的学生了。穿着中学制服的他，好神气，好漂亮。但是她呢，养母说："女孩子家，念书也没什么用，留在家里帮帮忙吧！也该学着做做家务事了，一年年大起来了，总要结婚生孩子的！"

学校的门不再为她而开，但她并不遗憾。她知道，自己能读到小学毕业，已经是养父母的恩惠了。她开始学着做家务，做针线，她补缀宝培的制服，帮他钉掉了的纽扣，她常把针衔在嘴中，对着他的衣服低低叹息。在老柳树下，他教她唱一支在学校里学会的歌：

> 井旁边大门前面，
>
> 有一棵菩提树，
>
> 我曾在树荫底下，
>
> 做过甜梦无数，
>
> 我曾在树皮上面，
>
> 刻过宠句无数，
>
> 欢乐和苦痛的时候，

常常走近这树！

他们把头两句歌词窜改了，改成了"溪旁边小镇后面，有一棵老柳树"。他们就在老柳树下唱着，一遍又一遍，乐此而不疲。亚热带的女孩子是早熟的，十三岁的荷仙已经亭亭玉立。两条粗粗的长辫子，宽宽的额，白皙的皮肤，修长的眉，清澈的眸子，揽镜自视，荷仙也知道自己好看。在树下，宝培开始会对着她发愣了，会用一种特殊的眼光长长久久地注视她。而且，他会提起孩提时养母的戏语来了："荷仙，妈说过，你长大了要给我做太太的！"

"乱讲！"她说，背过脸去。

"不信？你问妈去！"

"乱讲！乱讲！乱讲！"她跺着脚，红了脸，绕到树的后面去。

"才不乱讲呢！"他追了过来，笑嘻嘻地说，"妈说，等我们长大了，要把我们'送作堆'，你知道什么叫作'送作堆'吗？"

"不知道！不知道！不知道！不知道！"她一迭连声地喊着，用两只手捂住了耳朵，有七分羞涩，有三分矫情。然后，她一溜烟地跑掉了，两条长长的辫子在脑后一抛一抛的，那扭动着的小腰身已经是一个少女的身段了，成长，往往就是这样不知不觉的，一下子，你就会发现自己长大了。

【肆】

于是，她跑，他追。绕着那棵大柳树。这就是爱情的游戏，人类的游戏，从我们的老祖宗起，从亚当夏娃开始，这游戏就盛行不衰了。

是的，一下子，你就会发现自己长大了。

荷仙十六岁的时候，宝培高中毕业了。

那是个月亮很好的夏夜，老柳树在溪边的草地上投下了婆娑的树影，成群的萤火虫在草丛中闪烁穿梭，明明灭灭，掩掩映映，像许许多多盏小小的灯。河水潺湲，星光璀璨，穿过原野的夜风，从树梢上奏出了无数低柔恬静的音符。夜，好安详。夜，好静谧。

荷仙在老柳树下缓慢地踱着步子，时而静立，时而仰首向天，时而弯下身去拨弄着草丛，又时而轻轻地旋转身子，让那长辫子在空中画上一道弧线。宝培站在河边，望着她。出神地望着她。那款摆的小腰肢，那轻盈的行动，那爱娇的回眸微笑……这就是那个和他一同长大的小荷仙吗？他不由自主地看呆了，看傻了，看得忘形了。荷仙又弯下腰去了，一会儿，她站直了身子，双手像蚌壳一样合着，嘴里发出一声轻轻的、喜悦的低呼，抬头对他望着，高兴地说："你来看！"

"什么？"他惊讶地说。

"一只萤火虫，我捉住了一只萤火虫！"她说，孩子气地微笑着。

　　他走了过来。她把合着的双手举起来，打开一点指缝，让他看进去。那萤火虫在她的手中一明一灭，那白皙的丰腴的小手，指缝处，被萤火虫的光芒照耀着，是淡淡的粉红色。他看着，捧起了那双手，他眯着眼睛往里看，然后，他的唇盖了上去，盖在那柔软的、白皙的、握着光明的手上。

　　她惊呼，乍惊乍喜，欲笑还颦。手一松，萤火虫飞掉了，飞向了水面，飞向了原野深处，飞向了黑暗的穹苍。她跺跺脚，噘起了嘴，低低地说："你瞧！你瞧！飞了，飞掉了。都是你闹的！你瞧！你瞧！"

　　"让它飞吧！"他说，握紧了她的双手，嘴唇在她的手背上紧压着，"只要你不飞就好！"

　　她害羞了，用力地抽出自己的手来，她再跺跺脚，装出一分生气的样子来，但是，笑意却不受控制地流露在她的眼底唇边。

　　"你坏！"她说，转过身子，向树后面跑去。

　　"别跑！"他追过来，"有话对你说！"

　　"不听！"她继续跑着，发出一串轻笑。

　　"抓住了你，我要呵你痒！"他威胁着。

　　"你抓不住我！"

　　"试试看！"

　　于是，她跑，他追。绕着那棵大柳树。这就是爱情的游戏，人类的游戏，从我们的老祖宗起，从亚当夏娃开始，这游戏就盛行不衰了。绕了好几圈之后，荷仙的头昏了，而且喘不过气来了。他抓住了她，她跌倒在草地上，仍然笑着，又喘气又笑。他跪在她的身边，把她按在地上，他不住地呵着她的痒，一面笑着说："看你还跑不跑？看你怕不怕了？"

　　荷仙扭动着身子，笑得上气不接下气，嘴里乱七八糟地嚷着："我不跑了，我怕了，饶了我吧！你是好人！饶了我吧！你是好人嘛！"

听她喊得那么甜，宝培不由自主地停了手，但他仍然下意识地按着她。她也没有企图站起来，躺在那儿，她依旧笑意盎然。月光涂抹在她的脸上、发上、身上。两颗星星在她的眼底闪亮。那小小的鼻头，那丰润的，红艳艳的嘴唇，那细腻的，吹弹可破的肌肤……他盯着她看，目不转睛地，迷惑地，惊奇地……然后，他的嘴唇压了下来，一下子就紧盖在她的唇上。她轻轻地呻吟，又轻轻地叹息。他紧拥住她，吻得她心跳，吻得她脸红，吻得她透不过气来。

"哦！"她终于推开了他，坐起身来，一条辫子松了，披泻了一肩长发，她拂了拂头发，开始重新编结着那个发辫。"瞧你！瞧你！"她爱娇地说，"你弄乱了我的头发，你坏，你欺侮人！"

"不欺侮人。"他说，郑重地，"你知道，你从小就是我的人。"

"不害臊！"她斜睨了他一眼。

"这有什么可害臊的？"他望着她，"我们都要长大，从孩子变成大人。你，也将成为我的妻子，这是件严肃的事，不需要害羞，也不需要逃避。"

她俯下了头，把脸埋在弓起的膝上。

"你在说些什么呀？"她一半儿欢喜，一半儿矫情。

"我在说，要和你结婚。"

她的头俯得更低了。

"我们结婚好吗？"他问，拉住她的手，"等我满二十岁的时候，我们结婚，好吗？好吗？"

她轻笑不答，把头转向一边。

"好吗？好吗？"

他追问着，把她的脸扳过来，然后，他的唇又盖了上去，她倚进了他的怀里，紧紧地，紧紧地，紧紧地。那条刚结好的发辫又松了。

【伍】

老柳树听够了她那爱情呓语，看多了她那思慕的泪痕。于是，在一天晚上，这树下的影子又变成了两个。

然后，有一长段时间，老柳树底下失去了两个人的影子，而只有荷仙一个人了。宝培去了台北读大学，只有寒暑假才能回来。荷仙经常一个人徘徊在老柳树底下，拾掇一些过去的片片段段，计划一些未来的点点滴滴。她做梦，她幻想，她回忆。她笑，她流泪，她叹息……对着老柳树说话的习惯，也就是这个时候养成的。老柳树开始分担着她的喜悦与哀愁了。

她常常就那样站在树底下，用手指在树干上划着，一面絮絮叨叨地数落："他有一个星期没来信了，你想他会忘了我吗？台北地方那么大，人那么多，他还会记得我吗？他一定不会像我想他那样想我的，要不然他会多写几封信给我！呵呵！他是个没心肝的东西，没心肝的东西……"话没说完，她猛地捂住了自己的嘴，睁大了一对惊惶的眼睛，"天啦！原谅我！我怎能骂他呢？我怎能？"用手抱住树干，她把面颊贴在那老柳树粗糙的树皮上，"呵，老柳树，老柳树，你知道我不是真心想骂他的，我那么爱他，怎能骂他呢？怎忍心骂他呢？不过，天哪，让他早点给我写信吧！只要一个字就好了！一个字！"

而到了第二天，她会跑到老柳树下，疯狂地抱住树干转圈子，她手中高擎着信纸信封，像个凯旋的武士！她把信纸张开，给老柳树看，嘴里胡乱地说着："你瞧！你瞧哪！他来信了！他没有忘记我，他没有忘记我呢！他写了那么多，不止一个字呢！我数过了，六百三十一个字！你信吗？不过……"她悄悄地垂下了头，羞红了脸，低低地说，"我希望我能看懂他写了些什么，我希望我不要这样笨就好了！"她叹息，把信纸压在唇上，好低好低地说，"我爱他！呵！我爱他！"

许多个月夜，她呆呆地坐在柳树下，用手抱着膝，把面颊倚在膝上，静静地看着河里的月亮说："月亮呵，你照着我也照着他，你告诉他我有多爱他，求你告诉他吧！因为我不会写信哪！因为我说不出来哪！求你告诉他吧！"

也有许多个黄昏，她坐在那儿，静悄悄地垂着泪，低低地，埋怨地轻语："他怎么还不回来呢？这样一天天等下去，我一定会死掉！呵呵，不！我不能死掉，我要为他活着，为他好好地活着！"

对着溪流，她在水中照着自己的影子，顾前盼后地仔细地打量自己，然后对水中的影子说："你不许瘦呵！你不许变难看呵！他喜欢漂亮的女孩子，你一定要漂亮呵！"

老柳树听够了她那爱情呓语，看多了她那思慕的泪痕。于是，在一天晚上，这树下的影子又变成了两个。那高高大大的男孩子在树底下捉住了她的手，叫着说："让我看看你！荷仙，让我好好地看看你！一回家，人那么多，我都没有办法好好地看你！"

"看吧！宝培，随你怎么看！看吧！看吧！看吧！"她仰着头，旋转着身子。

他看着她，惊奇地，迷惑地。那短袄，那长裤，那成熟的胴体；那刘海，那发辫，那毫无修饰的面庞；那眉线，那嘴唇，那燃烧着火焰的眼睛。他张开了手臂，大声地说："来吧！你是我的格拉齐耶拉！"

"格拉齐耶拉？那是什么东西？"她扬着眉，天真地问。

"那是拉马丁笔下的人物。"

"拉马丁？"她笑嘻嘻地说，"是马车夫吗？"

他扑哧一声笑了。她红了脸。

"我说错话了，是吗？"她问，一阵乌云轻轻地罩在她的脸上，她低低地叹息。

"不，"他说，凝视着她，"你没有说错什么。拉马丁和他的格拉齐耶拉距离你太遥远了，那是虚幻的，你是实在的，你不必管什么格拉齐耶拉，真的！"

她的大眼睛一瞬也不瞬地望着他，她的面容好忧愁。

"呵！"她轻语，"你在说些什么？我怎么听不懂你的话了？"

他瞅着她，失笑了。

"是我不好，不该和你说这些。"他抬起了眉毛，"现在，让我说一句你懂的话吧：我爱你！"

她发出了一声低喊，扑进了他的怀中。

他拥着她，那温暖的小身子紧贴着他，那满是光彩的面庞仰向了他，她喜悦地、不住口地说："你是真心的吗，宝培？我等你等得好苦！好苦！好苦！噢，宝培！你不会嫌我？我是很笨、很笨、很笨的呢！你不会嫌我？"

"嫌你？为什么呢？"他喃喃地说，吻着她，"我永不会嫌你！荷仙！"

她仰首向天，谢谢天！谢谢月亮！谢谢大柳树！谢谢溪水！呵，谢谢这世界上一切的东西！

【陆】

那条记忆的河流完了，荷仙的泪也流完了。

呵！谢谢这世界上一切的东西！真该谢谢这世界上一切的东西吗?

接着，开学之后，宝培又去了台北，这个假期是那样地短暂，那样地易逝，留给荷仙的，又是等待和等待。朝朝暮暮，暮暮朝朝，魂牵梦萦，梦萦魂牵。她很少写信给宝培，因为提起笔来，她自惭形秽。本来嘛，"相思本是无凭语，莫向花笺费泪行。"她只是把自己那无尽的思念，都抖落在大柳树下。就这样，她送走了多少个黄昏，多少个清晨，多少个无眠的长夜！

这天早上，当她在菜场上买菜的时候，隔壁家的阿银对她说："你家的宝培回来了呢！我刚刚看到他！"

一阵呼吸停顿，一阵思想冻结。然后，顾不得菜只买了一半，拎起菜篮子就向家中跑。呵，宝培！呵！宝培！呵，宝培！快到家门口，她又猛地收住了步子，看看自己，衣衫上挂着菜叶子，带着汗渍，带着菜场上的鱼腥味，摸摸头发，两鬓微乱，发辫蓬松。呵，不行！自己不能这样出现在他面前，她得先换件衣服，洗净手脸，他喜欢女孩子清清爽爽的。

不敢走前门，怕被宝培撞见。她从后门溜回家，把菜篮放到厨房里，就迅速地回到卧房。换了件白底子小红花的衫裤，对着镜子打开头发，重新结着发辫。呵，心那样猛烈地跳着，手竟微微地发着抖，那发辫硬是结不整齐。好不容易梳好了头，镜子中呈现出一张被汗水濡湿的，因兴奋而发红的面庞，一对燃烧着爱情和喜悦的眸子。呵，她必须再洗洗脸。折回到厨房，她把自己发热的面庞浸在水盆中，呵，老天，不要让我这样紧张这样慌乱吧！

养母走到厨房里来了，看到荷仙，她匆匆地吩咐着："快，荷仙，宝培回来了，你快些倒两杯茶送到客厅里去！"

她深吸了口气，是的，倒两杯茶出去，可以掩饰她的窘态和羞涩。她倒着茶，可完全没有想到干吗要倒"两杯"茶。拿着托盘，两杯茶碰得托盘叮叮当当响，自己的手怎么就无法稳定呢？跨进了客厅，心跳到了喉咙口，呵，宝培！猛地收住了步子，她呆住了！宝培正背对着她，脸对着窗口站着，他不是一个人，在他身边，一个身材苗条而修长的女孩子正依偎着他，长发直披在腰际，一件浅蓝色的洋装裹着一个纤细的身子。他的手就环在她那不盈一握的腰肢上。荷仙僵住了，端住托盘的手发软，茶杯发出了更大的叮当声。她失去了意识，失去了知觉，失去了思想的能力。听到声音，宝培回过头来了，发现是荷仙，他笑笑，那样满不在乎地说："嘿！荷仙，茶放在这边小茶几上吧！"

她机械化地走上前去，把茶放了下来，抬起头，她看了那女孩一眼，长长的脸，黑黑的眼睛，一副聪明样。她咽了一口口水，拿着空的托盘，悄悄地退了下去。退到门外，她听到里面那女孩在问："这是谁？长得好漂亮！标准的小家碧玉。"

她站住，要听听宝培怎样回答。

"她吗？"宝培轻描淡写地说，"我妈的养女，从小买来的。"

"那——和你倒是一对儿，"女孩子嘻嘻地笑着，"青梅竹马，两小无猜呀！"

"别胡说，"宝培讪讪地说，"有一次我和她谈拉马丁，她问我是不是马车夫。"

那女孩发出一阵狂笑，笑得咯咯不停，宝培也笑，两个人的笑声混在一起，笑动了天，笑动了地，在笑声中，夹着那女孩的声音："拉马丁！天！你何不跟她谈谈雪莱、拜伦，或是爱伦·坡！"他们又笑，真的这样好笑吗？

眼泪从荷仙的面颊上滑了下来，她匆匆地离开了那门口，走进了自己的卧室，关上了房门。一整天，荷仙都把自己关在房内，她没有吃午餐，也没有吃晚饭。养母来看过她，对这从小带大的养女，养母倒有份真心的感情。她不笨，她知道荷仙是怎么回事，摸摸荷仙的额头，她说："大概是中了暑，天气太热了，躺躺也好。"

走出去，她却长长地叹了口气。儿女的事，这时代谁做得了主？孩子念了大学，眼界宽了，荷仙到底只是个乡下姑娘呀！

夜来了，荷仙溜到了老柳树之下。

这就是荷仙坐在老柳树下流泪的原因，对着那溪流，对着那星光发愣的原因。世界已经碎了，草丛中飞的不再是萤火虫，而是梦的碎片。呵，那梦曾如何璀璨过，如今，碎了，碎在拉马丁手里！碎在雪莱、拜伦和爱伦·坡手里！呵，那该死的拉马丁！

那条记忆的河流完了，荷仙的泪也流完了。站起身来，她把额头抵在树干上。噢！老柳树，老柳树，帮助我，帮助我吧！她的头在树干上痛苦地辗转着，她用手击着树干，她的心那样痛楚着，她的血液那样翻腾着，终于，她对着那棵老柳树，爆发出一连串的呼号："老柳树呵，你为什么不告诉我，什么叫作拉马丁？什么叫拜伦？什么叫雪莱？什么叫爱伦·坡？我不懂，我不懂，我不懂哪！但是我懂得我爱他，这不够吗，老柳树？这不够吗？我全心，全心，全心都爱他，这不够吗？他为什么还要拉马丁、拜伦和雪莱呢？
我不懂呀！但是，我爱他！爱他！爱他！我可以为他死，为他做一
切的事，只是我不懂，什么叫拉马丁呀！老柳树，你告诉我，你告
诉我，你告诉我嘛！什么叫拉马丁？什么叫拉马丁？什么叫拉马
丁？……"她啜泣着，语不成声。她的身子从树干边溜下来，她跪
了下去，倒了下去，扑倒在那草地里。她用手抱住了头，不能自已
地痛哭失声。

　　忽然，她受惊了。有什么人在她身边跪了下来，有一双结实而
有力的手把她从地上抱了起来，她的身子腾空了，好一个温暖的怀
抱！她惊惶地把手从脸上拿开，睁开那对泪蒙蒙的眸子，她接触到
的是宝培那深情的、歉疚的、痛楚的、满溢着泪的眼睛。

　　她惊呼："宝培！"

　　"哦！荷仙！"宝培痛心地叫，"我可怜的，可怜的，可怜的荷
仙！老柳树不能回答你的问题，但是我可以！不过，首先，你原谅
了我吧！原谅那知识给我的虚荣感吧！原谅我，荷仙！"

　　荷仙不敢信任地看着宝培，她伸出手来怯生生地碰触了一下宝
培的面颊，然后，她低低地叹口气。

　　"我做了个好可爱的梦，老柳树，"她说，"我梦到他抱着我了。"

　　他凝视她，然后，猝然地，他俯下了头，吻住了那小小的嘴，
他紧紧地吻她，深深地吻她，他的泪水滴在她的唇边。

　　"唉！"她有了真实感，"真的是你吗，宝培？"

　　"当然是我，荷仙，我来找你。"

　　"但是——但是——但是，"她嗫嚅着，"那个懂得拉马丁的小
姐呢？"

　　"她走了，回台北了。"

　　"为什么？"

"为什么？不为什么。"他耸了耸肩，"当你没有出来吃晚饭，当妈告诉我，你病了一整天，我知道了。我对那位小姐说，拉马丁曾失去格拉齐耶拉，而我呢，我不能让我的格拉齐耶拉死去。于是，她走了。"

她大睁着一对天真的眸子。

"我不懂你说的。"

"你不需要懂。"他说，再吻她，温温柔柔地吻她，缠缠绵绵地吻她，"正如你说的，我们之间有爱，这就够了！管他什么拉马丁、拜伦、雪莱和爱伦·坡。"

"可是……"她可怜兮兮地说，"拉马丁到底是什么意思？"

"是……"他看着她，"是'我爱你'的意思。"

"拜伦呢？雪莱呢？爱伦·坡呢？"

他沉思片刻。

"一样，全一样。是'我爱你'的意思。"他说，重新吻住了她。

于是，星光璀璨。于是，月影婆娑。于是，风在高歌。于是，水在低唱。于是，老柳树笑了。

一九六九年七月

五朵玫瑰

屋中一无所有。只在那简陋的书桌上面，排列着五朵玫瑰。

竹风，请听我这个故事，请听。现在，夜正岑寂，窗外，雨露苍茫。远山远树，是一片模糊，街灯明灭，是点点昏黄。这样的夜，我能做什么呢？

　　竹风，请听我这个故事，请听。

【壹】

夜，被寂静所笼罩，被雨雾所湿透。

也是这样的一个深夜，夜雾低垂，天光翳翳，雨雾糅合着夜色，那样暗沉沉，又那样灰蒙蒙。在远离市区的郊野，除了田畦上的蛙鼓，和草隙里的虫鸣，几乎所有的生命都已沉睡。夜，被寂静所笼罩，被雨雾所湿透。

而罗静尘却没有睡。

站在那砖造的小屋外的花圃中，罗静尘已在细雨里伫立了好几小时，他的头发、面颊和外衣都早被雨水浸湿，但他不想移动。就这样站着，听檐间的滴沥，深呼吸着周遭带着玫瑰花香的空气，他双手插在外套的口袋中，伫立着，沉思着。一线幽柔的灯光从他屋内的窗口射了出来，映照在他略带萧瑟的脸庞上，也映照在他身边的几朵玫瑰花上。

雨滴在玫瑰花瓣上闪烁着。

他凝视着那玫瑰花，凝视着那花瓣上的水珠，凝视着那叶梢的轻颤，那水滴的滑落……他凝视得出神了，忘形了——世界上的一切都不存在，所有的美包含在几朵玫瑰花中。

忽然一阵风来，玫瑰花枝陡地摇曳，筛落了无数的水珠，发出一连串簌簌的轻响。这惊动了他，打了个寒噤，他抬头看了看幽暗的天空，初次感到寒意的侵袭。挺直了背脊，深吸了口气，微微酸麻的腿提醒了他站立的久长。他再挺了挺背脊，不由自主地发出一声微喟。夜深了，雨大了，他知道他该回到屋里去了。

略一沉思，他走到玫瑰花边，摘下了五朵玫瑰。

握着那五朵玫瑰，他回到了房间里。

房间中别无长物，除简陋的桌椅以外，仅一床而已。他走到书桌前面，慢慢地坐下来。把五朵玫瑰一朵朵地排列在台灯下面。玫瑰那嫣红而湿润的花瓣，在灯光下映发着烁亮的色泽，花香馥郁，绕鼻而来。他闭了闭眼睛，沉浸在那股花香里。

睁开眼睛，他从抽屉里拿出一沓信纸，提起笔，他开始写一封信，一封没有上款的长信。

【贰】

你的眼睛那样清亮，那样自然而然地流露出一股描绘不出来的
天真与宁静。

我摘了五朵玫瑰，晓寒。

第一朵给你，你好簪在你黑发的鬓边。第二朵给你，你可以别
在你的襟前。第三朵给你，让它躺在你的枕畔。第四朵给你，你好
插在梳妆台上的小花瓶里。第五朵，哦，晓寒，不给你，给我，为
了留香。留香。是的。让它留在我的身边，让我永远可以享受这股
幽香，属于你的幽香，那么，晓寒，就仿佛你永远在我的身畔，从
没有离开过我，也从不会离开我。

始终记得第一次见到你的情形，晓寒。在早上，在黄昏，在梦
里，在清醒时，第一次见你的情形，都鲜明如昨日。你的一颦一笑，
一举一动，也都历历在目。

那是多少年前了？别去管它！时间不是重要的因素，你才是重
要的。只记得那是个春天的下午，太阳和煦而温暖，草木青翠，大
地在阳光下沉睡。一切都是静悄悄、懒洋洋的，连那轻柔的春风都
带着倦意，吹得人身上痒酥酥的。而那充满花香与泥土气息的空气，
却更熏人欲醉。

就是那样一个下午，我们这群大孩子，刚刚跨出大学的门槛，

不知天高地厚，充满了满脑子的梦想与用不完的精力。我们——小李、小苏、小何，加我一个，小罗，被称为三剑客外加一个达太安的小团体——竟在一次无目的的郊游中迷途了。我们在灼目的阳光下走了好几小时，不住口地争辩着出国与就业的问题，每人都有一肚子的牢骚，徘徊在梦想与现实的矛盾中。就在这样的争论里，我们发现迷途了，但并不在乎，只是焦渴难当，而带来的水壶早已涓滴无存。

　　"我猜绕过这个山脚，前面一定有河流。"小李说。

　　"你又不是骆驼，难道能闻出水源来？"小苏接口，他们是一碰头就要辩论的，感情偏又跟谁都好。

　　"我不是骆驼，但我有直觉。"

　　"直觉是天下最不可靠的东西！"

　　我们绕了山脚，但没有水源，再绕过了一个，还是没有。

　　小苏有些按捺不住，拍着小李的肩膀，他大声地叫着说："骆驼！你闻到的水源呢？"

　　"我说过我不是骆驼嘛！"

　　"别吵！"我说，深吸了口气，空气中有一些什么沁人心脾的香味，"我闻到了什么！"

　　"哈！原来你是骆驼！"小苏转向了我。

　　"是了，"我说，再深吸了一口气，"是玫瑰花香，好香好香。"

　　"胡闹！"小苏咒骂着，"玫瑰花又不能解渴！"

　　"哈，别武断！谁知道呢？"我叫着说，兴奋地指着前面。我们刚在山坳里转了一个弯，眼前竟豁然开朗，一片想象不到的景致呈现在我们的面前。小苏、小何和小李都呆住了。那是一大片玫瑰园，使我们惊异的，不是玫瑰园，而是你，晓寒。

　　你，穿着一身素白的衣裳，站在玫瑰花丛中，被太阳晒得红扑扑的面颊，闪烁着的亮晶晶的眼睛，一头略嫌凌乱而乌黑的浓发披垂在肩头，而在耳际的浓发间，簪着一朵艳丽的红玫瑰。在你手中，一个浇花的水壶正喷着水，无数的水珠纷纷洒洒地射向那些花朵。小苏转头瞪着我。

"真有你的！小罗，你怎么知道玫瑰花香会和水源在一块儿的？"

我笑着。望着你。受了我们的惊扰，你抬起头来，你的目光和我的接触了，倏然间，我感到心头莫名其妙地一震，竟然笑不出来了。你的眼睛那样清亮，那样自然而然地流露出一股描绘不出来的天真与宁静。竟使我心中立刻涌上一个念头：怎样的一对眼睛！里面该盛载着一个不为人知的世界呢！这世界定然是没有纷扰，没有烦忧，充满了恬然与安详的世外桃源吧！哦，晓寒，我对吗？在我以后和你的接近中，却真证实了我当初见你第一面时的看法呢！

"嘿！"小何已开始和你打招呼，"能不能给我们一些水喝？"你很快地扫了我们一眼，迅速地微笑了。那微笑在你的唇边漾开，正像一滴颜料溶解在一盆清水中，那样快地使你整个面庞都布满了笑意。如此天真，如此诚挚，又如此可人。你是上帝的使者，手中捧着甘露，踩着云彩来到人间，将济世活人。我模糊地想着，却又嗤笑自己把你比喻得太俗气了。

"要冷开水吗？"你说，微扬着眉，"我到屋里去倒给你们。"

我这才注意到玫瑰园边那栋平凡的建筑，石砌的小围墙，砖造的平房，种着些扶桑翠竹的院落，是典型的农村住宅。你转过身子，放下了水壶，轻快地向屋中走去。我怔怔地望着你的背影，那小小的腰肢，那轻盈的步伐，那在风中飘曳的裙角……我想我是有些忘形了。

"你想得到农家中会有这样的人才吗？"小李在我耳边低声说，"凭她这个长相，在都市里可以吃喝不尽了！"

　　我不由自主地紧蹙了一下眉，第一次对小李起了强烈的反感，只因他把你亵渎了。

　　"嘿，小罗，"小苏也凑了过来，"你爸爸不是振华电影公司的董事长吗？你可以代他物色一个好演员！现在女明星只要脸蛋漂亮，教育水准是大可不计较的。这块蓬门碧玉呀，所需要的只是服装和化妆而已。"

　　我心里的不满更扩大了，我惊奇于小李和小苏等人只看到了你的美丽，而忽视了你身上其他的东西，那份恬然与那份天真。你将永不属于城市，我想着：永不！

　　你从屋里出来了，手中捧着一杯冷开水，带着一脸的笑意和一脸的歉意，你喃喃地说："真对不起，只剩下一杯开水，我已经去烧水了，你们要不要到院子里来等？"

　　"算了，别那样麻烦了，"小何说，"你不论什么水倒点来就好了，自来水、井水都可以，还烧……"

　　小何的话没说完，小李已狠狠地踩了他一脚，踩得小何哎哟直叫。小李就迅速地打断了小何，对你一迭连声地说："谢谢你，谢谢你，我们是需要一些开水，而且很高兴到你院子里去等。这儿还有几个水壶，麻烦你也帮我们灌满，多谢，多谢。"

　　我从不知道小李是这样油腔滑调的。小苏已接过你手里的杯子，趁我们不注意，整杯水都灌进了他一个人的肚子里。你抱着一大堆水壶站在那儿，惊异地望着我们，是我们的粗犷，还是我们的旁若无人冒犯了你吗？我好不安。而你，那样不以为意地，那样安详自如地接受了我们给你的麻烦。只是嫣然一笑，就抱着那一大堆水壶转身进去了。

　　我们走进了你的院子，和一般农家的院落一样，你家的院子里也放着好几张小木凳，我们不需要主人招呼，就自顾自地坐了下来。

我的凳子旁边有两个小篮子，里面放着一些剥了一半的蚕豆荚。料想那是你在浇花之前尚未完成的工作，我竟下意识地拾起豆荚，默默地帮你剥起来了。而小李和小苏，居然堂而皇之地在你院落中拿你打起赌来了，他们争着说要请你看电影，打赌谁能获胜。哦，晓寒，你恐怕永远无法了解，我们追女孩子的那份心情，那种无聊和那种游戏的态度。就在我握着豆荚，沉默地坐在你院落中时，才使我第一次想到，我们这些年轻人，是多么缺乏一份严肃的生活态度！

你重新出来了，倚门而立，笑容可掬。

"要等一会儿呢！"你抱歉似的说。

"没关系，我们有的是时间！"小苏说。于是，小苏、小李、小何，他们开始对你家庭调查似的发出一连串的问题。

"你叫什么名字？"

你扬起嘴角，笑而不答。

"说呀！讲讲名字又没关系！"

"张晓寒。"

"大小的小？含蓄的含？"

"是清晓的晓，寒冷的寒。"你仍然笑着。

"哈！你念过书？"

"只念过小学。"

"你妈妈爸爸不在家？"

"爸爸去田里，妈妈死了。"

"你家种什么？"

"蔬菜，还有——玫瑰花。"

"你常去台北？"

"不常去。"

"喜不喜欢台北？"

"不喜欢。"

"为什么？"

"人太多了，车子也太多。"

"跟我们去台北，请你看电影！"

你俯下头，又扬起嘴角，羞涩地笑着，从唇间轻轻地吐出两个字："不去。"

"为什么？"

你摇摇头，没说什么，只是笑。然后，转过身子，你又翩然地走向屋里去了。当你捧着我们的水壶和烧好的开水走出来时，你脸上仍然挂着那个笑，轻盈、温柔而带着淡淡的羞涩。

"水烧好了。"

你把水壶给我们，并殷勤地为我们一一注满开水，当你走到我身边，把水壶放在地上，弯着腰倒开水时，不知怎的，你鬓边那一朵小小的红玫瑰竟滚落了下来，刚好掉在我剥好的豆荚篮里，你轻轻地呀了一声，举目看我，微惊微喜微羞地说："你都给我剥好了。"

我拾起了那朵红玫瑰，望着你。

"送我？"我问，声音竟出乎我意料地虔诚。

你的脸不知所以地红了，像那朵小红玫瑰，垂下睫毛，你很快地说："这朵不好，已经谢了。"

"这朵就好。"

你没有说什么，又笑了。哦，晓寒，天知道你有多爱笑！而你的笑又多么可人！提着水壶，你走开了。而片刻之后，你重新走来，手中竟举着一束刚剪下来的红玫瑰。

"哈！"小李叫了起来，"给我的吗？"

"不，"你的脸嫣红如酒，望着我，"给你！"

我受宠若惊，愕然地接过玫瑰，一时间，竟听不到小李等人哄然大叫的调侃与取笑，只看到你的笑，你的脸红和你的羞涩。由于小李、小苏等叫笑得那么厉害，你不安了，似乎惊觉自己做了什么不该做的事情，你蓦然转过身子，奔进门里去了。

"瞧你们！"我责备地说，"把人家给吓跑了！"

"她可真是慧眼独具！"小苏嚷着，重重地拍着我的肩膀，"她准是看出你是我们中间最有钱的一个了！"

多么恶劣！多么卑鄙！我狠狠地瞪了小苏一眼，从没有这样厌恶过他。

【叁】

　　握着那束玫瑰，我走向归途，仍然没想到你即将在我生命中占据着怎样的位置。

　　哦，晓寒，这就是我们第一次的见面。那天，你没有再从房里走出来，我们只好在门外高叫着道谢和再见。握着那束玫瑰，我走向归途，仍然没想到你即将在我生命中占据着怎样的位置。我眼前，只一再浮现你的脸庞；那笑，那天真，与那份脱俗的清丽。哦，晓寒，是谁在冥冥中操纵着人生的遇合，主宰着人类的命运？谁知道那日一见，和几朵玫瑰的牵引，你竟改变了我的一生，从思想到生活，从内在到外在。哦，晓寒，就在那日你赠我玫瑰时，你可曾预料到我们的未来吗？

　　是的，未来，未来是谁也无法预测的未知数。晓寒，坦白说，在那个春日的午后，我曾以为我们也不过缘尽于一面而已，因为我不相信我还会再遇见你。可是，自那日归来以后，我不知道自己为什么却再也平静不下来，你的形影会那样深深地铭刻在我心中，使我自己都觉得惊奇。我开始揣测你的未来，想象你将来成为一个农家的主妇，哺儿挑菜，汲水洗衣……竟代你感慨，代你不平，代你怨造物之不公，如你生在我这样的家庭，你会有多么不同的命运。

　　这些感慨，如今想来都是可笑的。晓寒，那时我还没有进一步地认识你，还不能完全领会你心灵中那份与世无争的超然。让我把话扯回头吧，第二次见到你就不那样"偶然"了。那时，父亲的电影公司开拍了一部新片，我因为要承继父亲的衣钵，在学校里学的又是编导，就顺理成章地以小老板的身份，挂上了一个"副导演"的头衔。因为片中需要一个玫瑰园的外景，物色了好几个都不中意，于是，我蓦然间想起了你的玫瑰园。

那次，到你家去接洽拍外景的并不止我一个人，还有导演和摄影师。你静悄悄地站在墙角，那样怯怯地微笑着，听着我和你父亲的谈话。你父亲，晓寒，我怎样来形容他呢？一个何等奇异的老人！我至今记得和你父亲的几句对白："借你们的地方拍电影，我们会付一点钱的。"

"用不着，不要把花糟蹋了就好。花都是活的呢！"

"拍成了电影，你自己也可以看到影片上的玫瑰园，有多美，有多漂亮。"

老人笑了，敏锐地看着我。

"我不是天天看得到吗？为什么要到影片上去看呢？"

我为之结舌，你在一边忍不住扑哧一声笑了。我再一次领略到你唇边那笑容的漾开，像朝阳下玫瑰花瓣的绽放。于是，我们开始在你的玫瑰园里拍戏了。你忙着为我们烧水倒茶，安安静静的，像个不给人惹麻烦的孩子。哦，晓寒，我后来是多么懊悔把这一群人带到你的玫瑰园里来！那些粗手粗脚的工人，常常怎样拿你开心，取笑你，一次，竟有一个工人扯住你的衣角不放，你涨红了脸，窘迫得不知所措。那天，我当时就发了脾气，怒斥了那个工人。以后，虽然再没有人敢轻薄你，我却依然对你歉意良深，尤其，当那晚大家竟摧残了玫瑰园之后。

那晚，是玫瑰园中的一场主戏，男女主角都到场了，那戏的女主角是刚刚蹿红的新人黄莺。人如其名，黄莺娇小玲珑，活泼可爱。可惜的是已染上了一般电影"明星"的派头，有些油嘴滑舌，又喜欢和导演、摄影师、男演员等打情骂俏，贫嘴之处比男演员还有过之而无不及。平常，是男演员吃女演员的豆腐，她却常常吃男演员的豆腐。那晚，她不知怎么心血来潮，目标对准了我，整晚和我缠搅不清，一会儿叫我小老板，一会儿叫我副导演，一会儿叫我准导演……闹得我头昏脑涨。而你呢，晓寒，你整晚都那样安静，悄悄地备茶，悄悄地倒水，悄悄地走来，悄悄地隐退……几乎没有任何人注意到你的存在，除了我。而我，只有默默地窥探着你，看着你那轻盈的腰肢，看着你那在暗夜里闪烁的眼睛，看着你那略带窥伺与分析的神情。我说不出我心头所涨满的某种感动的情绪。你，和黄莺是同一时代的女性，却像来自两个不同的星球。

那场主戏开始了，一个晚上要拍二十几个镜头，十几万瓦的灯用高架吊着，强烈的光线把玫瑰园照射得如同白昼。男女主角的一场吻戏足足拍了两小时，一个 NG（重拍）又一个 NG，灯光始终强烈地照射着。你瑟缩地躲在一边，惊奇地看着这一切。玫瑰花的刺刺伤了黄莺，她夸大地娇呼连连，一个工人走上前去，咔嚓咔嚓几剪刀，好几枝玫瑰坠落尘埃，我看到你的眉头倏然一紧，几乎能感到你那份心疼。没有表示任何抗议，你依然瑟缩在墙角，坐在墙根底下，双手抱着膝，瞪大了你那对清亮而无邪的眸子，安安静静地注视着。

哦，晓寒，我已经预料到那些花儿的命运，没有任何花朵能禁得起十几万瓦强光的炙热，而我竟那样自私，那样忍心地不告诉你。戏不能为了几朵玫瑰花而停拍，少拍一个镜头就等于浪费了一大笔金钱。我让他们拍下去，拍下去，拍下去……男女主角在花园里穿梭，工人们在园里践踏，导演跑前跑后……每一次人来人往，必定要折伤好几枝娇嫩的枝丫，每一下轻微的断裂声必定在我心头鞭策一下，而我仍然让他们拍下去，拍下去，拍下去！我是小老板，我不能让工作停顿！

最后，我们终于收了工。黄莺缠绕着我，要我请大家吃消夜。于是，我们这一大群人，嘈杂地、招摇地上了那几辆大车。我被人群簇拥着，包围着，甚至没有和你说一声再见，更没有检查一下那玫瑰园被摧残的情形，我们就这样呼啸着扬长而去。

当我请大家吃完了消夜，已经是黎明时分了，晓月将沉，星光方隐，街道上一片雾色苍茫。大伙儿都散了，我独自站在那空荡荡的街头，看着街灯在雾色里透出的昏昧的光线，竟忽然想到了你。晓寒，我强烈地想起你，不只你，还有你那可怜的玫瑰园。

【肆】

　　晓色在你的发际投下了一道柔和的光线，你背脊的弧线显得那样温柔而单弱，竟使我满心充斥着怜惜之情。

　　是怎样一种心情的驱使？是怎样一份强烈的愿望的牵引？我竟踏着晓雾，回到你的玫瑰园里来了。哦，晓寒，还记得吗？还记得那个黎明，和那崭新的一天吗？我来了。踩着草地上的露珠，穿过了山坳边的矮树丛，拂开了绕膝的荆棘……我走进了那玫瑰园里。首先映入眼帘的，就是玫瑰园里那一片凋零的景象，枯萎的花朵，折断的残枝和遍地的玫瑰花瓣。然后，我看到了你！

　　哦，晓寒，再也忘不了你当时的模样，再也忘不了，你坐在那花畦上，抱着膝，静静地俯着你那黑发的头，像是睡着了。晓色在你的发际投下了一道柔和的光线，你背脊的弧线显得那样温柔而单弱，竟使我满心充斥着怜惜之情。我放轻了脚步，怕惊醒你，我那样轻轻地走近你的身边。可是，你听到了，你慢慢地抬起头来，举目看我，哦，晓寒，我这才知道你并没有睡！

　　你的眼睛那样清醒，你的神情那样庄穆。看到了我，你并无丝毫的惊奇，只是那样一语不发地默默地瞅着我，像是责备，像是怨怼，又像是在诉说着千言万语。我怔住了，一时间，竟无言以对。然后，逐渐地，你的眸子被泪水浸亮，你的睫毛被泪水濡湿。我心为之动，神为之摧，只感到心里有几千千几万万的欷歔，却一句话也说不出口，因为言语所能表达的毕竟太少了。我记得我是慢慢地跪下去了，我记得我只是想安慰你，所以轻轻地拥住了你，我记得我想吻去你睫上的泪珠，却傻傻地捕捉了你的嘴唇。

这是玫瑰园中的另一场戏。也就是在那一刹那，我悟出了一个道理，没有一场戏能演出真实的人生！因为心灵的震动不在戏剧之内。哦，是的，晓寒，我吻了你。在那个雾蒙蒙的早晨，在那个玫瑰花的花畦上，我吻了你。而当我抬起头来，我看到的是你那容光焕发的脸庞，和你那迎着初升朝阳闪烁的眼睛！

就是你那发光的脸和你那发光的眼睛，第一次让我了解了什么是爱情。让我那整个以往的人生都化为了虚无。没有矫饰，没有造作，也没有逃避，你一任你的眼睛，全盘地托出了你的感情。哦，晓寒，你自己也不知道，你代表了一个多么完整的"真实"！

当太阳升高的时候，我们已并肩在玫瑰田里工作了，我们一起除去败叶，剪掉枯萎的花朵，翻松被践踏了的泥土，扫去满地的残枝。然后，我问你："告诉我，晓寒，你这一生最大的愿望是什么？"

你沉思，怯怯地看我，然后把眼光落向远方的白云深处。

"说吧！别害羞！"我鼓励着你。

"在那边山里，"你轻声地说，"听说有一块很好很好的地，有很好很好的水源，可以变成一个最好的玫瑰园！"

"我将把它买下来，送给你！"我慷慨地许诺。

你望着我，呆呆地。好半天，你说："可是，你呢？"

我呢？天知道，晓寒，你问住了我！直到那时，我并没有想到我以后会怎样，和你会怎样。那种知识分子的优越感仍然在我心底作祟。送你一块土地，报答你的一吻之情，不是吗？当时我的潜意识里的确有这样的念头。何等卑鄙！晓寒，你绝没料到我是那样卑鄙的，不是吗？而你用坦白的眸子望着我，那样坦白，那样天真，里面饱溢着你的一片深情及单纯的信赖。我在你的注视下变得渺小了，寒碜了，自惭形秽了。

“你希望我怎样？”我问，我想我问得很无力。

“你最大的愿望又是什么呢？”你说，继续瞅着我。

“写一本书！”我冲口而出，确实，这是我数年以来的愿望。

“写一部长篇小说！”

“那么，”你微笑了，“我们造一栋小屋子，你写书，我种玫瑰花！”

我望着你。哦，晓寒，忽然间，我的心怎样充满了欢乐！我的身上怎样交卸了重重重担！我在刹那间解脱了，成熟了，鼓舞了，振奋了！我肩上生出了翅膀，正轻飘飘地把我带向白云深处！随我翩翩比翼的，是你！晓寒，你将和我一起飞翔，飞翔，飞翔……飞向云里，飞向天边，飞向那海阔天空的浩瀚穹苍！

“走！”我丢下了锄头，拉住你的手。

“到哪里去？”你惊愕地问。

“去告诉你父亲，我们要结婚了！”

“这么快！你疯了吗？”

是的，疯了！我为你疯，我为你狂。我将倾注我一生的生命，去筑我们的伊甸园！奔进屋内，我们叫醒了你那正熟睡未醒的父亲。

“我们要结婚了！”我说。

老人用古怪的眼神看着我。

“你在发热，”他说，“这种一忽儿冷、一忽儿热的天气容易让人生病。”

“我没有生病，”我清清楚楚地说，“我要娶你的女儿，我们马上要结婚！”

老人注视了我好一会儿。

“是真的？”他问。

"是真的！"我说。

他转向了你。

"你要嫁他吗，晓寒？"

你脸红了，热烈地看了我一眼，你的头就俯了下去。

于是，老人明白了，明白了这种亘古以来，混沌初开的世界里就必然会发生的事情。他又转头向我："你是大学毕业生？"

"是的。"我说。

"她只受过小学教育。"

"是的。"

"你是有钱人家的子弟？"

"是的。"

"她是个穷农夫的女儿。"

"是的。"

"你生长在城里？"

"是的。"

"她生长在乡下。"

"是的。"

"你都知道？"他瞪着我。

"都知道。"

"那么，你还等什么？娶她去吧！我带了她二十年，就是等一个像你这样的傻瓜来娶她的！"老人一忽儿地从床上跳下来，挥舞着双手，"去结婚吧！你们还等什么？"

哦，晓寒，怎样地疯狂！怎样地狂欢！怎样无所顾忌地任性，怎样闪电似的筹备、登记、公证结婚！我瞒住了父母、兄弟姐妹和所有的亲友，以免遭遇到必然的反对。一直等到公证完毕，我带着你来到父亲的面前。

"爸爸，这是你的儿媳妇。"

父亲瞪视着我。

"你在说些什么鬼？"

"真的，我们今晨在法院公证结婚了。"

父亲用了十分钟的时间来打量我，再用了十分钟的时间来打量你，然后又用了十分钟来弄清楚我们认识的经过和你的家世，再用了十分钟来证实我们的婚姻。接着，就是一场旋乾转坤的暴风雨，天为之翻，地为之覆。父亲的咆哮和咒骂有如排山倒海般地对我卷来，山为之崩，地为之裂。你像惊涛骇浪中受惊的小鸟，大睁着一对惶恐而无助的眸子，看着我的父亲和我那叫嚣成一团的家人。哦，晓寒，我多么烦恼，多么懊悔，竟把你带到这样一个火山地带！

"你混账！你没出息！你丢尽了我的人！你给我滚出去！我但愿这一辈子再也见不到你！给你受教育，给你读书，要你继承我的事业，你却像个扶不起的阿斗！你给我滚，从今以后，我不给你一毛钱！不管你任何事情，饿死了你也不要来见我！"

"是的，爸爸！"我拉着你退后，"如果我有一天饿死了，我不会来见你！如果我成功了，我会来看你的！"

"成功？哈，成功！"父亲怒吼的声音可以震破屋顶，"你成功！你拿什么来成功？"

"我将写一部书。"

"写一部书？写一部书！哈！"父亲嗤之以鼻，"你还以为你是天才呢！"

我咬紧了嘴唇。

"我将做给你看！"

"做给我看！你做吧！做不出来，就别再走进我家的大门！"

我拉着你出来了，走出了那栋豪华的花园住宅，两袖清风，除了你之外，身无长物。

你，晓寒，那样默默地瞅着我，半晌，才轻声而肯定地说："你会写出一部书来，一部很成功的书！"

哦，晓寒，就是你这句话，就是你这种信赖，鼓起了我多少的勇气和斗志。我知道，即使我失去了全世界，我还会有你，握紧你的手，我说："晓寒，你嫁了一个很贫穷的丈夫，我们甚至连一个住的地方都没有呢！"

你微笑。哦，晓寒，世界上还有什么东西比你那一瞬间的微笑更美、更可贵呢？

于是，我们回到了你的家，见了你的父亲。老人马上明白了事情的经过，望着我，他说："你能做些什么？"

能做什么？惭愧！我不能犁田，我不能种菜。但，我总不能不养活我的妻子！

"我明天要去找工作。"

"找工作！"你惊讶地瞪大了眼睛，愕然地看着你的父亲，"可是，爸呀，他要写一部书呢！"

"写一部书？"老人注视着我，"那么，你还顾虑些什么？去写书吧！我家的田地足够我们三个人吃呢！去呀！你还发什么呆！先去镇上头张书桌呀！"

就这样，晓寒，我开始了我的著述生涯。可笑吗？我，一个堂堂七尺之躯的男儿，竟靠妻子的花圃和丈人的菜园来维持着生活。但是，我们没有一个人觉得这事可笑。你，晓寒，你和你父亲，总用那样严肃的眼光来看我的工作，似乎我所从事的是一项至高无上的丰功伟业！因此，我自己也感染了那份神圣感。我写作，写作，写作……不断地写，不停地写，孜孜不倦地写。渴望着有朝一日，能将我奋斗的成果奉献于你的面前。

【伍】

我望着你，觉得你并不需要了解诗，因为你本身就是一首诗。

那是一段艰苦的岁月，不是吗？但是，在那份艰苦之余，我们又有多少数不出的甜蜜与陶醉！清晨，我们常和晓色俱起，站在曙光微现的玫瑰园中，看那玫瑰花的蓓蕾迎着朝阳绽放，看那清晨的露珠在花瓣上闪烁。我会念一首小诗给你听：

> 爱像一朵玫瑰，
>
> 令整个宇宙陶醉，
>
> 爱像一朵玫瑰，
>
> 让整个世界低回。

你并不懂得诗，但你总是那样微笑着倾听我念。你的眼光柔情万斛地凝注在我脸上，你的面颊焕发着光彩，你的嘴唇丰满而滋润。我望着你，觉得你并不需要了解诗，因为你本身就是一首诗。

吃完早饭，我总是回到屋里去写作，而你呢，忙于家务，忙于玫瑰田里的锄草施肥，忙于洗衣烧饭，你轻盈的身姿常常那样轻悄地穿梭于屋内屋外。我没有看你皱过眉，你总是微笑着。一面工作，一面低低地唱着歌，你最喜欢唱一支我教你的歌曲：

天地初开日，

混沌远古时，

此情已滋生，

代代无终息。

妾如花绽放，

君似雨露滋，

两情何缱绻，

缠绵自有时。

虽然我向你解释过这支歌的意义，但我想你并不了解这支歌。你低柔地轻唱，不经心地款摆着你的腰肢，常常配合着流水的琅琅或碗盘的叮当。于是，我觉得，你并不需要了解歌，因为你本身就是一支歌。

黄昏，我写作累了，你会拉着我跑到室外，去迎接你荷锄归来的父亲。我们常并肩走在郊野的田埂上，看牧童的归去，看大地的苍翠，再看落日的沉落。你常常对我问些很傻很傻的小问题，像花为什么会开？云为什么会走？瀑布的水为什么永远流不完？我不厌其烦地和你讲解，你睁大了眼睛静静地听，我不知道你到底懂了没有，但我想那并不重要。重要的只是我们并肩走过的一个又一个的黄昏。

晚上，我经常在灯下写作，你就坐在书桌旁边，手里缝缀着衣衫。你额前的短发，那样自然地飘垂着。睫毛半垂，星眸半掩，纤长的手指有韵律地上下移动。你喜欢在鬓边簪一朵小玫瑰花——那是你身上唯一的化妆品——绽放着一屋子的幽香。我常常搁下笔来，长长久久地凝视你，你会忽然间惊觉了，抬起眼睛，给我一个毫无保留的笑。那笑容和玫瑰花相映，哦，晓寒，你正像一朵小小的红玫瑰花！

那段日子是令人难忘的，甜蜜、宁静，而温馨。但是，那段日子对我也是一段痛苦的煎熬。我不敢一上来就尝试写长篇，于是，我写了许多篇短篇小说。从不知写作是这样地艰难，多少深夜，多少白天，多少黎明和黄昏，我握着笔，苦苦构思。每完成一稿，我会长吁一口气，如释重负。然后是修改又修改，一遍一遍地审核，一遍一遍地抄写。等到寄出，就像是寄出了一个莫大的希望，剩下的是无穷的期盼和等待。但是，那些稿子多半被编辑先生退回，我只有将甲地退回的稿子寄往乙地，又将乙地退回的稿子寄往甲地，等到一篇稿子已"周游列国"而仍然"返回故乡"的时候，我绝望，我难堪，我愤怒，而又沮丧。我会捧住你的脸，望着你的眼睛说："晓寒，你的丈夫是一个废物！"

你依然对着我微笑。然后，你会把头倚进我的怀里，用手紧紧地环抱住我的腰。用不着一句言语，我的下巴倚着你黑发的头颅，我闻着你鬓边的玫瑰香气，陡然间又雄心万丈了。哦，晓寒，我要为你奋斗，我要为你努力！噙着泪，我说："晓寒，在那边山里，听说有一块很好很好的地，有很好很好的水源，可以变成一个最好的玫瑰园！"

你抬头看我，眼里也含着泪。

"我要买给你！"

你点头，微笑，信赖而骄傲。

"我知道你会。"你说，丝毫不认为我是个说大话的傻子。

于是，我轻轻地推开你，摊开稿纸，再开始一篇新的小说。当我的第一篇小说终于在报纸上刊出时，晓寒，你知道我有多高兴！而你，晓寒，你比我更高兴。整日，从清早到晚上，你就一直捧着那张报纸，对着我的名字痴笑。扬着报纸，你不断对你父亲说："爸呀，这是他的名字，他的名字登在报纸上呢！"

你父亲竭力装出满不在乎的样子，却掩饰不住唇边和眼角的笑意，对你瞪瞪眼睛，他呵责似的说："这有什么了不起！以后他的名字见报的时候还多着呢！"

啦的一声，他开了一瓶高粱酒，对我招招手："来，我们喝一杯！我们家碰到喜庆节日的时候总要喝一杯的！"

哦，晓寒，在你们的骄傲下，我变得多么地伟大！我是百战荣归的英雄，我是杀虎屠龙的勇士！再也没有人比我更高，再也没有人比我更强！我醉了，那晚，醉在你们的骄傲里，醉在你们的喜悦里，醉在你们的爱里。

然后，我偶尔会赚得一些稿费了，虽然数字不高，虽然机会不多，却每次都能赢得你们崭新的喜悦。你把钱藏着，舍不得用，拿一个铁盒子装了，每晚打开来看看。我斥责你的傻气，你却笑容可掬地说："留着。"

"留着干什么？"

"买那块地。"

哦，晓寒，我实在不知道这样微小的数字，要积蓄多久才能买那块地！但你那样有信心，那样珍惜着我所赚的每一元每一分！我不能再说什么，除了更加紧地努力以外。

就这样，两年的时间过去了，在你那永是春天的笑容下，我们的生活里似乎没有遗憾。虽然是粗茶淡饭，却有着无穷尽的乐趣与甜蜜。可是，就在两年后，你的父亲去世了，那忠厚而可亲的老人！临终的时候，他只是把你的手交在我的手中，低低地说："我很放心，也很满足了。"

我们曾怎样沉浸在悲哀里，怎样在夜里啜泣着醒来，不敢相信老人已离我们而去。你的脸上初次失去了笑容，几度哭倒在我的怀里。你不断重复地说："我以为将来我们买了地，可以让他享享福……"

"但他已经很满足了，不是吗？"

你攀着我的肩，用带泪的眸子瞅着我，哭泣着说："我现在只有你了。"

我揽紧了你，把你的头压在我的胸前，用我的双臂环绕着你，我发誓地说："我永不负你，晓寒，我永不负你。"

　　老人去世，我们才发现老人的田地早已质押，办完丧事，我们已很贫穷了。除了玫瑰园及这栋小屋外，一无所有。但幸好我在写作上已走出一条路来，每月稿费虽不多，却足以维持我们的生活。你仍然在辛辛苦苦地攒积蓄，我也开始着手我的长篇小说了。

　　日子又恢复了平静，在我们的相爱下，虽平静，却幸福。

　　这样平静而幸福的日子原应该无止境地延续下去，不是吗，晓寒？但是，是什么改变了我们的命运？是什么？是什么？竟摧毁了我们那座坚固不移的爱情堡垒，竟毁灭了我的生活及希望，竟从我身边带走了你！

　　仍清晰地记得那一天，那注定了要转变我们命运的一天。我们的小屋中，竟来了一位稀有而意外的客人——我那已出嫁了的姐姐！

　　姐姐嫁了一位富商，她虽不是天生丽质，但在锦衣玉食的生活中，她却被培养得娇嫩而鲜艳。那天，驾着她那豪华的小轿车，她来了！雍容，华贵，花团锦簇，她站在我们的小屋里，使我们的屋子似乎骤然间变得狭小而逼仄了。她四顾地打量着我们的房子，上上下下地看着你，又用那颇具权威性的眼光看我。然后，她怜悯地，同情地，而又大不以为然地说："静尘，你竟然狼狈到这种地步了！"

　　"我不觉得我有什么狼狈！"我没好气地说。

　　"还说呢！"姐姐叹息，"你连件像样的衣服都没有吗？你生活得像什么人呢？"

　　"像神仙！"我说。

　　"神仙？"姐姐笑了笑，"可以不食人间烟火呵。但是，你毕竟不是神仙！"

　　"你来做什么？"我蹙紧了眉，"来嘲笑我吗？"

　　"不，我来救你。"姐姐说，热烈地抓住了我的手，"跟我回去，静尘，爸爸并不是真的跟你生气，他嘴硬心软，你不该跟父亲一负气就负上这么多年！回去吧，只要你跟这个女人……"她瞟了你一眼，"办个离婚手续，我想，爸爸会原谅你的！"

"胡说八道！"我被激怒了。尤其看到你瑟缩地站在墙边，苍白着脸，惊惶而无助地大睁着眼睛，像大祸临头似的望着姐姐。那样紧张，那样孤独，那样恐惧，又那样楚楚可怜！

我挣脱了姐姐，冲到你的身边，把你一把揽进了怀里，大声地对姐姐说："我用不着爸爸原谅，我也不回去，我更不会离开晓寒，今生今世，我永不离开她！或者，我这份感情是你所不了解的，姐姐，因为你从来没有过！但是，我告诉你，在晓寒身边，我很知足，我们的世界并不贫穷，相反地，姐姐，我们比你富有，因为我们的世界里有爱！你懂吗？现在，请离开我的家，回到你的金丝笼里去！请再也不要来打扰我们的生活！"

姐姐瞪视着我，仿佛我是个病入膏肓的人。

"你疯了！"她说，"爸爸公司里有那样好的工作给你做，有好日子给你过，你偏要为了这样一个无知识的乡下女人牺牲一切，你是着了什么魔？"

"请你尊重晓寒！"我喊，"她是我的妻子！"

"我知道她是你的妻子，我以为你这场热病发了这么多年，也应该过去了……"

"不幸，这场热病永不会过去，直到我老死的一天！"

"哼！"姐姐冷笑了，"你以为你们这种爱情多么禁得起考验吗？"

"当然！"

姐姐咬住了嘴唇，沉思了一会儿，忽然转向了你。她的眼光锐利地盯在你的脸上，很快地说："晓寒，我要直呼你的名字了！你以为，一个好太太应该耽误她丈夫的前途吗？"

你在我怀中惊跳，嗫嚅着说："我……我……"

"你看！晓寒，"姐姐继续说，"你根本和静尘不配，你难道不知道，他已经是个作家了？而你是什么？你连字都不认得几个！他出身在高贵的家庭里，你只是个乡下女人！他有学问有见识有风度，你却连打扮自己都不会！看你那身土里土气的衣服，那朵莫名其妙的玫瑰花……"

"够了！姐姐！"我吼叫着，"请你出去！晓寒的美不是你能欣赏的，也不是你能了解的！你别在这儿做破坏工作，你走吧！请走！"

姐姐不走。她凝视着我，说："真想不到，静尘，你是真的爱着她呢！"

"当然是真的！"

"那么，"姐姐再度上上下下地打量你，忽然兴奋了起来，"静尘，我有个意见。"

"我们不需要你的意见！"我说。

"静尘，你是怎么了？"姐姐蹙紧了眉，"无论如何，我来这一趟是为了你好，不管说的话多么不中你的意，我总不是恶意，是不是？我告诉你吧，我来，是因为爸爸最近身体不好，他虽不说，我们都知道他在想你，他有份大好的事业等着你去继承，为了一个晓寒，你们犯不着这样水火不容！现在，你既然说什么也不肯放弃晓寒，我认为，我们可以改造晓寒，使爸爸肯接受她……"

"晓寒不需要改造！"

"需要的，而且可以改造得很好！"姐姐胸有成竹地望着你，"晓寒，你该去念点书，再去买几件像样的衣服，我教你如何化妆，你长得很美，再加几分修饰，你会变成个不折不扣的美女，至于风度仪表和谈吐，只要你跟我生活一段时间，我想我都可以教会你。一个好太太不能把她的丈夫拖在泥潭里，而该帮助他成功。你想想，假若将来静尘成为举世闻名的大作家，以你现在的情况，如何去匹配他？"

"姐姐，你说够了没有？"我问，"很抱歉，知道你是好意，但是，我无意于改变我的生活，我也不想承继爸爸的衣钵，你不必多费心机了！"

"静尘，你会后悔！"姐姐有些生气了。

"我不会。"

"好吧，你这个不识抬举的东西，你就跟着这个乡下女人去滚屎蛋吧！我再也不管你的事了！"

"不管最好！"

"哼！"

姐姐拂袖而去了。

好一会儿，我们家里那么静，听不到一点声音。姐姐的脂粉味始终飘荡在室内，她带来的那股压力也没有消散。然后，我扳转了你的身子，让你面对着我，这才发现你苍白的面庞上竟泪痕狼藉！我惊愕地喊："晓寒！"

你用手蒙住了脸，爆发出一阵压抑不住的啜泣。我想拉开你的手，你却周身颤抖地喊："不！不！不！"

"晓寒，"我焦虑地拥住你，急切地说，"你千万不要为姐姐的话难过，你知道我就爱你这份淳朴和真实吗？现在，擦干你的泪，不要再哭了，这件事已经过去了，以后我们谁也不许再提起它！"

你仍然哭泣不已。

"听到了吗，晓寒？假如你希望我高兴，就不许再伤心了。放下手来，让我看你！"

你怯怯地放下手来，悄悄地举目看我。

"答应我不理会这件事，嗯？"

你俯首不答。

"擦干眼泪，嗯？"

你顺从地用衣角擦了擦眼睛。

"好了，一切都过去了，我们还照旧过我们的日子吧！"

【陆】

　　我望着你，如果我对你有痛心的感觉，只在那一瞬间。我没有流露出我的感觉，只淡淡地说："你不要那玫瑰园了？"

　　是的，我们又照旧过我们的日子了。只是，从此，你脸上失去了原有的那股欢乐气息，你唇边再也看不到那安详而恬静的微笑，你眼里也不再焕发着光彩……哦，晓寒，直到那时，我仍不知道姐姐这番话对你的影响力那么大，竟刻骨铭心地敲入你的灵魂深处！

　　那件事发生后的第二天晚上，你来到我的书桌旁边，坐在那儿，轻声地对我说："你教我念点书，好吗？"

　　我有些惊讶。事实上，自从我们结婚之后，我已陆续教了你许多东西，我训练你读我的小说，训练你帮我抄写，训练你认深奥的字和一些成语。那时，你已学到了很多，你甚至可以读一些浅易的小说。

　　"我不是一直在教你吗？"我说。

　　"不，你给我上课，有系统地教我，好不好？"

　　"你是不是受了姐姐的影响？"我问。

　　"念书总是好事，是不是？"你闪动着眼睑，"姐姐讲得也对，我该充实自己的学问。"

　　你说得有理，我没有不让你读书的理由，我答应了。谁知，第二天你就去镇上，买了一套初中的课本来，急切地求我教你。那些课本对你来说，还太浅了，你很快地念完了前三本，又贪婪地读着后面的几册。你的努力用功使我惊奇，而你那惊人的领悟力却使我更加惊奇，我这才发现，你是怎样一块未经琢磨的璞玉！有个聪明的学生是对老师的鼓励，我教得快，你学得更快，那年夏天，你已读完了初中课程，而秋天，我们就开始进行高中课程和简单的诗词了。

哦，晓寒，如果我那时知道姐姐的来访就是我们厄运的开始，而我给你的教育竟会导致你离开我，那么，我当时的处置就会完全不同了。哦，晓寒，我再也没料到你那温柔的外表下，却隐藏着那样争强好胜的一颗心！我更没有料到，你下死命地用功读书，竟是你"彻底改变"的第一步！哦，晓寒，如果我能未卜先知，如果我能预测未来，那有多好！

让我接着说下去吧。

那年冬天，姐姐忽然来了一封长信，又重申上次拜访的意思，苦口婆心地劝我回家去，信尾，她却很有技巧地写着："不管怎样，我们姐弟不该为父母的固执而失和，我喜欢你，也喜欢晓寒，何不来我家小住？或者，让晓寒来住几天，给我机会，把她引见给爸爸，说不定爸爸会改变以前对晓寒的看法呢！总之，家庭的和睦，父子的亲情，都不是你该置之度外的，你是读书人，难道连这点道理都不懂？……"

我承认，看完这封信，我确实有一刹那的动摇。但是，回忆起当时被逐的一幕，回忆起父亲对我写作的轻视，我又强硬了。无论如何，我还没有写出我的书来，我还没有在文坛上立足，我也还没有成功！我不能回去，而你，晓寒，我绝不认为我的父亲能接受你！

我把那封信丢进抽屉里，置之不顾。几天之后，我就把这封信给忘怀了。可是，一天，当你帮我收拾书桌的时候，这封信却落进了你的手里。我现在还清楚地记得你拿着信来质问我的样子。

"为什么你不理她，静尘？她很有道理，是不是？"

我惊讶地看着你，因为，我一直认为你是瑟缩而腼腆的，根本不会愿意再尝试去见我的父亲！但是，我看到的你，却有那样一张坚决而勇敢的小脸！那样一对闪亮而激动的眼睛。

"你不懂，晓寒，别再去碰爸爸的钉子了，他永远不会接受你的，你知道吗？他也永远不会了解我的，你知道吗？他虽是我的父亲，对我的了解还远不及你父亲多，你懂吗？"

"但是，你要给他了解你的机会是不是？"你攀住我的脖子，用一股可爱的、不容抗拒的神情望着我，"最起码，你不该和你姐姐生气，她总没对你做错什么，我们明天去看她好吗？"

"你忘了？她曾经侮辱过你！"

"我不像你那样容易记仇，也不像你那样小心眼。而且……"你垂下睫毛神情萧索地说，"她也没有侮辱我，我本来就是个无知无识的乡下女人嘛！"

"嗯，"我叹息着点了点头，"最起码，她已经唤起了你的自卑感！"

"怎样？"你重新缠住了我，"我们去吗？亲戚之间应该来往的，是不是？而且，我们的朋友那么少，你瞧，我有时也怪寂寞的……"

"我们应该要个孩子。"我说。

你的脸红了红，抬起眼睛，祈求地望着我。

"去吧！"你说，"不要再计较以前的事了，宰相肚里好撑船啊，是吗？"

我望着你。

"好，我们去，"我说，"纯粹是为了让你高兴！"

于是，我们去了。于是，我们和姐姐恢复了来往。于是，你有了一个闺中腻友。于是，你不常待在家里了。于是，我发现，你变了。

第一次发现你强烈地改变了，是在一个晚上。那天你单独去姐姐家做了一整天的客，在那时候，你已经常去姐姐家做客了，有时甚至住在那儿，因为，像姐姐说的，我们家太偏僻了，晚上，你不该在黑暗的田野里走夜路。那晚，我也以为你会住在姐姐家里，但，你却回来了！

"看！静尘，"你一进门就嚷着，"看我的新衣服！看！"

我抬起头来，忽然觉得眼前一亮。你站在房间正中，屋顶的灯光正正地照射着你。哦，晓寒，怎样形容我那一霎时的感觉！你，穿了件黑丝绒的旗袍，襟上别着一个亮晶晶的别针，长发绾上了头顶，做成许多松松的发卷，而在那发卷半遮半掩的耳垂上，坠着两串和襟上同样花色的亮耳环。你施过了脂粉，事实上，那时你早已学会了搽脂弄粉，只是平日你都没有化妆化得那样浓艳。你画了眼线，染了睫毛，那对大大的眼睛显得更大更亮，更深更黑！哦，晓寒，你确实美得夺人！我想，我当时是完全被你吸引住了。我深吸了口气，瞪视着你，一时竟说不出话来。

"哦，静尘，我美吗？这样打扮好吗？"

你在我眼前轻轻旋转，举步轻盈而姿势优美。你那美好的头微向后仰，露出颈部那柔和的线条。两串耳环在你面颊边摇晃闪烁。我忽然看出，你的动作那样优雅，那样高贵，完全像经过训练的服装模特！我不由自主地又深吸了一口气，喃喃地说："哦，她真的成功了。"

"谁成功了？"你问。

"姐姐。"

"怎么？"

"她改造了你！"

你停在我面前，一股淡淡的幽香从你身上传了出来，虽然我对香水从无研究，但我知道这必然是法国最名贵的产品，姐姐的梳妆台上不会有廉价香水！

你扬起睫毛，静静地看着我，说："这样不是很好吗，静尘？我现在才知道，即使有九分姿色，也需要三分打扮。如果你觉得我改变了，我想这是一个好的改变，使我在你和你家人面前不再自惭形秽。我带给你的，也不再是耻辱和轻视。是的，静尘，我变了，我努力地自求改变，为了好适应你，好报答你对我的一往情深！"

哦，晓寒，我无言以答！我注意到你用字的文雅，注意到你修辞的不俗。事实上，这是你逐渐改变的，只是，在那晚以前，我并没有注意到。我盯着你，紧紧地盯着你，一句话也说不出来。

"怎么了？"我惊吓到了你，你看起来十分不安，"静尘，你不喜欢我这样打扮吗？如果你不喜欢，我就改回去，还我旧时衣，着我旧时裳！"

你很巧妙地改变了我才教过你的两句诗，使我不由自主地为你心折。哦，晓寒，你的聪明，你的智慧，你的美丽，是救了你，还是害了你？

"不，晓寒，"我终于开了口，"如果你喜欢这样装扮，就这样吧！只是，你使我觉得这房子太简陋了，也太小了。"

"哦，静尘，"你热烈地说，"我们可以把这房子和地卖掉，搬到台北去住。"

我望着你，如果我对你有痛心的感觉，只在那一瞬间。我没有流露出我的感觉，只淡淡地说："你不要那玫瑰园了？"

你忽然笑了，声音清脆如夜莺出谷。

"哦，静尘，"你边笑边说，"我总不会一辈子卖玫瑰花的！"我想起了一部名叫《窈窕淑女》的电影，一位教授如何把一个卖花女改变成公主。现在，我面前的你，就已不再是个卖花女，而是个公主了。我奇怪我心头并无喜悦之情，相反地，却有一层厚而重的阴影。我知道，晓寒，那时我已知道，我即将失去你了。

【柒】

　　黄昏时，下起雨来，雨声淅沥，像你的歌。哦，我想你，
晓寒。

　　晚上，我在玫瑰园中久久伫立，花香依旧，人事全非。

　　哦，我想你，晓寒。

　　当第二年春天来临的时候，你的改变就更加显著了，你开始闹着
要搬往台北，当我严词拒绝以后，你就常常不在家了。你不再关心你
的玫瑰，你忍心地让它们憔悴枯萎，以致失去了你的主顾。你每天打
扮得花枝招展，把你当初辛辛苦苦积蓄下来要买地的金钱，全用在脂
粉和服装上面。你开始抱怨生活太苦，抱怨钱不够用，抱怨我没有生
财之道。然后，一天，你兴冲冲地从外跑进来，对我喊着说："静尘，
静尘，你猜怎的，姐姐决定要让我在爸爸面前亮相了！"

　　"亮相！"我蹙紧眉头，觉得你用了两个很奇怪的字。

　　"你看，姐姐有一番很戏剧化的布置。她说，爸爸当初只见过我
一面，我又是一副土土的样子，他一定早不记得我的样子了。姐姐
说，这个星期六，她要请爸爸去吃饭，让我盛装出去见爸爸，不说
我是你太太，只说我是张小姐，要进你们公司去演电影的，看爸爸
怎么表示。如果爸爸很欣赏我，我也不要说穿，只是常常去看爸爸，
等爸爸真的很喜欢我了，我再揭穿谜底！"

"哼，"我冷笑了一声，"姐姐可以做编剧家了，这倒是个很好的喜剧材料！"

"这不是很好吗？"你依然兴高采烈，"静尘，我告诉你，我有把握会博得你父亲的喜欢！"

"假若一见面就被爸爸识破了呢！你们别把他想象成老糊涂。"我冷冷地说。

"如果识破了，我也有一套办法。"

"什么办法？"

"我只和他装小可怜样儿，说好话，为以前的事道歉，他再严厉也会消气的。何况，姐姐说，他现在已经不生我们的气了。"

"别失掉你的傲气吧！"我没好气地说。

"在长辈面前，还谈什么傲气呢！"你振振有词，"干吗这样板着脸？我这样做还不是为了你！如果你和爸爸讲和了，我们就什么问题都解决了，可以搬到台北去，也可以不再住这个破房子了！"

我放下了笔，坐正身子，那天，这是我第一次正眼看你。我想我的眼神相当严厉，你瑟缩了，畏怯了。低下头去，你喃喃地说："人总是要往上走的嘛，安于现状等于自甘退步！"

我深深地望着你。

"我要进步的，晓寒，"我深沉地说，"但是要靠我自己的力量，不靠我父亲！"

"但是，你还不是靠了我的父亲？连我们住的这栋小屋，还是我父亲的，你又谈什么傲气呢！"

哦，晓寒，你攻入了我最弱的一环。我闭上了眼睛，感到心里有种难言的痛楚在逐渐地扩大。

我的脸色使你吃惊了，你猛然抓住了我的手，喊着说："原谅我，原谅我，我不是有意要刺伤你的！"

我睁开眼睛，揽住了你。我说："听我说，晓寒，我不知道你能不能了解。我可以接受你父亲的帮助，因为他是我的知己，他信任我，他看重我，他了解我，这种帮助，是有着尊重的情绪在内的。而我的父亲，他给我的感觉是，我在他面前是个乞儿！"

你瞅着我。

"我就是要帮助你父亲来了解你呀！"

"你真的是吗？"我忧愁地看着你那姣好的脸庞，"你不是的，晓寒，你自己都不了解我。现在，你做这件事只是为了你的虚荣而已。"

"我要证实我不是你家人认为的那样糟糕呀！"你无力地说，又垂下了睫毛。

"这又何尝不是虚荣！"我说，望着你。你白皙的前额，你长长的睫毛，你美好的鼻子和你那小的嘴……一阵强烈的心痛对我猛地袭来，我一把抱紧了你，不能遏止自己突发的战栗。我喊着说："晓寒，晓寒，回头吧，回复那个原来的你吧！让我们再过旧日的生活，无忧无虑、甜蜜、安宁……让我们回复以往吧！求你，晓寒，不要再去姐姐那儿，不要去参与那个计谋，醒醒吧，晓寒！不要从我身边走开！"

你哭了，你挣扎着说："我并没有要从你身边走开！我只是要帮助你，只是要帮助你！"

"但是，你会离开我了。"

"我不会，我绝不会！"

我不再说话，因为我知道已无法挽回。哦，晓寒，我那鬓边簪着玫瑰花，终日笑容可掬的小妻子何处去了？

于是，你仍然去参加了那次宴会。

出乎我的预料，你和父亲的那次见面竟意外地成功。据说，你那天表现得雍容华贵，文雅有礼而又谈笑风生。父亲做梦也没有把你和当日那个可怜兮兮的小媳妇联系在一起。你美丽，你活泼，你征服了全部的人，你也征服了我父亲！

那晚，你兴奋地回来，笑倒在我的怀里。

"我成功了！我成功了！你父亲直说我眼熟，问我是不是参加过你们公司的演员考试！你猜他要我做什么？他叫我明天去公司试镜呢！"

我默然不语，只精神恍惚地闻着你身上的香味，不是玫瑰花香，而是脂粉与酒香的混合。我知道，你明天一定会去。望着你那发光的眼睛，那神采飞扬的面庞，哦，晓寒，我也知道了，那试镜一定会成功！

第二天，你整天整夜都没有回家，我并不担忧你的安全，我可以想象你的忙碌：试镜、应酬、谈话、吃饭、消夜……然后，夜静更深，你已无法回到这荒郊野外。想必，你会睡在姐姐为你准备的绫罗锦缎之中，做一个甜甜的"准明星"之梦。而我，那夜枕着手臂，听阶前冷雨，听窗边竹籁，一直到天明。

第三天的晚上，你终于回来了，另一个崭新的你！周身都燃烧着喜悦、兴奋和野心！你雀跃着，绕屋旋转，激动地对我嚷着："哦，静尘，我从不知道生活是这样多彩多姿的！我以前都算是白活了！"

停在我前面，你把那燃烧着的眸子凑到我眼前："走吧，静尘，我们搬到台北去，那儿有一份全新的生活在等着我们！"

我用双手捧住了你的脸，痛心而忧愁地看着你，低沉地，一字一字地说："别忘了，我就是从那种生活里跳到你身边的！"

你转动着美丽的大眼珠，困惑地看着我，你脸上的笑容消失了。半晌，你才用充满了怜悯及感动的语气说："哦，静尘，我现在才了解你为我牺牲了一些什么，但是，别烦恼，我会补偿你！"

我心里一阵紧缩，顿时兴味索然。我们之间的距离已那样遥远了。放开了你，我走向窗边，咬住嘴唇，回忆着你手持浇花壶，站在玫瑰花丛中的样子。

看不出我的伤感，你追到我的身边："你没有问我，我试镜通过了，你知道吗？"

"我已料到了。"我语气冷淡，"你告诉爸爸你是谁了没有？"

"何必这么早就说呢？等你父亲对我有信心的时候再说吧！你知道他要我在新戏里演一个角色吗？他给我取了一个艺名，叫丁洁菲，这名字好吗？他说改为丁姓，如果按笔画排名，永远占优势！"

"设想周到！"我打鼻子里说。

"你有没有想到我会有这一天？"你仍然兴冲冲。

我想起第一次见到你时，小苏曾说过，只要你有服装与化妆，必成为电影明星！那时我曾怎样嗤笑他们的庸俗，我曾怎样自信地认为，你将永不属于城市！但是如今，晓寒，你的恬然呢？你的天真呢？你那与世无争的超然与宁静呢？我想着，想着，想着……一股酸楚从我的鼻子里向上冒，我猛地侧转了身子，叫着说："晓寒，晓寒，千万不要去！那种生活并不适合你，相信我，晓寒！我的小说已快完稿了，我会改善我们的生活，我会养活你，但是，请你回来吧！影视界是个最复杂的环境，那不是你的世界，也不是你的单纯所能应付的！听我的话，晓寒！"

你瞪视着我。

"哦，"你说，"你也是那种自私的丈夫，你不愿意我有我自己的事业，你只想把我藏在乡下，属于你一个人所有！"

这是谁灌输给你的观念？姐姐吗？我咬了咬牙，感到怒火在往上冲。

"你总算承认你是为了自己的事业去笼络爸爸，而不是为了我了！"我尖刻地说。

"我本来是为了你！"你叫着，眼里充满了泪水。

"既是为了我，就放弃这件莫名其妙的傻事！"我也大叫着。

"我不！"你喊，猛烈地摇头，"我要去，我喜欢那个工作，我喜欢那些人，我喜欢那种生活，你没有权利剥夺我的快乐，更没有权利干涉我的事业！"

我一把抓住了你的手腕，用力地握紧了你，我的眼睛冒火地盯着你那张倔强的脸。

"我不许你去演那个戏，如果你去了，我们之间也就完了。"

你张大了眼睛，不信任似的看着我。

"你是说真的？"

"真的！"

你咬紧嘴唇，你带泪的眼睛阴郁地望着我的脸，我们就这样彼此对望着，僵持着，好半天之后，你猛地挣脱了我的手，用力地一甩头，你的头发拂过了我的面颊，像鞭子般抽痛了我的心灵。你咬牙切齿地从齿缝里迸出了几个字："我并不稀罕和你生活在一起！"

一切都完了。晓寒，我就这样失去你。

第二天早上，你带走了你的衣物，离开了这栋小屋，这栋属于你父亲的房子。从此，再也没有回来过。哦，晓寒，你就这样走了，一无留恋，一无回顾，你挺着你的背脊，昂着你骄傲的头，去了。我目送你的离去，眼光模糊而内心绞痛。我知道，我那安详的、满足的小妻子——晓寒——是已经死了。离开我的，不是晓寒，而是那新崛起的明星——丁洁菲。

从此，不再是有光有热的日子。从此，是寂寞的朝朝暮暮与漫漫长日。在痛苦中，在煎熬里，我的第一部小说出版了。该感谢这种痛苦与煎熬，这本书里充满了最真挚的血与泪。在书的扉页上，我写着：

献给

我逝去的爱妻

——为了她给我的那些幸福的日子

这时，丁洁菲的名字已经常见报，"一颗闪亮的新星"，他们这样称呼你。我常在报上看到你的照片，正面，侧面，全身，半身……那些照片对我来说都那样陌生，我常困惑着，不知道我是不是真的认识过你，甚至不知道是否和你共同生活过那么些年。在深夜，在清晨，我经常伫立在玫瑰园中，一遍又一遍低呼着你的名字：晓寒，哦，晓寒。

我的书出版了，也曾希冀它能将你带回我的身边，也曾渴望看到你走回这小屋的形影。但我失望了，你的声名正如旭日中天，你不会再记起我。小说的出版并没有带来你，却带来了金钱与名誉，再有，就是姐姐——就在今天下午，她出现在我的小屋里。

"静尘，"姐姐一阵风似的卷进来，满脸的兴奋与笑容，"爸爸终于知道晓寒的身份了。"

"哦，是吗？"我淡漠地说，我并不关怀。

"爸爸叫你回去，他说，你毕竟是有眼光的，以前是他错了。他说，现在你成了名作家，晓寒成了名演员，一切好极了，他要给你们补办婚礼，一个隆重的婚礼，招待所有的记者。而且，他还要送你们一幢小洋房做结婚礼物呢！"

"哦，是吗？"我的眼睛望向窗外，"晓寒怎么说呢？"我尽量不让语气里流露出我的感情。

"噢，静尘，晓寒是个好女孩，她一直住在我家，没有做过任何对不起你的事。她心里仍然是爱着你的，你怎么在书的扉页上咒她死呢？现在，你只要去安慰安慰她，说说好话，道个歉，包你就没事了！"

"她到底说过什么？"我烦躁而不耐烦地问，"她赞成爸爸的安排吗？"

"当然啦，这样总比你们在这小屋里喝西北风好！"

我离开了窗边，慢慢地走到书桌前面，打开抽屉，我取出了一张签好名的离婚证书和一张支票，递给姐姐。这是我早就准备好了，本来预备寄给你的。

"请转交给晓寒，支票是为了向她购买这幢小屋，离婚证书是她需要的，免得我耽误了她的前程。"

姐姐瞪视着我，瞠目结舌。

"你脑筋不清楚了吗？"

"是的，我脑筋从没有清楚过！以前，我爱过一个名叫晓寒的女孩子，现在你们却叫我和丁洁菲结婚。你去转告丁洁菲，我不能背叛晓寒。"

"你是疯了！"姐姐喃喃地说，"写小说把你的头脑写昏了！"

是的，晓寒，我是疯了。世界上像我这样的疯子，大概没有几个。姐姐走后，我就一直坐在书桌前面，默默地沉思着。我想你，晓寒，我强烈地强烈地强烈地想你，晓寒。那轻盈的脚步，那鬓上的玫瑰花香，那低柔的歌声，和那碗盘的叮当。哦，晓寒，你怎会从这世界上逐渐消失，我又怎会失去了你？

黄昏时，下起雨来，雨声淅沥，像你的歌。哦，我想你，晓寒。

晚上，我在玫瑰园中久久伫立，花香依旧，人事全非。哦，我想你，晓寒。

我摘了五朵玫瑰。做什么呢？我望着玫瑰，百无聊赖。

呵，五朵玫瑰！

第一朵给你，你好簪在你黑发的鬓边。第二朵给你，你可以别在你的襟前。第三朵给你，让它躺在你的枕畔。第四朵给你，你好插在梳妆台上的小花瓶里。第五朵，哦，晓寒，不给你，给我，为了留香。

是的，留香。我毕竟还有这股玫瑰花香！

【捌】

新的泪珠不断地从她眼眶里涌出，她却不眨动睫毛，只定定地把目光凝注在他脸上，"有很好很好的水源，可以变成一个最好的玫瑰园。"

罗静尘写完了。

天已经完全亮了，黎明时的曙光早就从窗外涌进了室内，把整个房间都填得满满的。罗静尘放下笔来，挺了挺背脊，一层厚而重的倦意向他包围而来，他眼睛模糊地望着桌上的五朵玫瑰，不由自主地发出一声长长的叹息。俯下身子，他把头伏在桌上，用手腕枕着。他倦极了，倦得不想移动，深吸着那绕鼻而来的玫瑰花香，他又叹口气，然后，他睡着了。

这时，却有个女人正疾步走在屋外的田畦上！

然后，那女人停在房门口。

她鬓发微乱，她面颊苍白，她因疾步而喘息，她的眼睛大而不安，闪烁着奇异的火焰，她手里紧握着一张离婚证书及支票。站在那门口，她深深呼吸。然后，似乎是鼓足了勇气，她推开了门。

站在门前，她迟疑地望着那依然亮着台灯的书桌，和那桌上俯伏着的人影。张开嘴，她想喊，却没有喊出口。犹豫片刻，她轻悄地来到桌前，颦眉凝视着桌上的五朵玫瑰，再凝视那张憔悴的，熟睡的脸庞。然后，她发现了桌上那沓长信。

身不由己地，她在桌边的一张椅子上坐下来，开始一页一页地读着那封信。

她终于看完了。放下信笺，她抬起睫毛，深深地望着那熟睡的脸孔，她的眼睛湿润而明亮。

罗静尘在睡梦里转动着头，不安地呓语、叹息，然后忽然间醒了过来。

睁开眼睛，他看到了她。微微地蹙了一下眉毛，他用力地眨了眨眼，再看向她。她不言也不语，只是默默地迎视着他的目光，泪珠在她睫毛上闪亮。

好半天，谁也没有说话。最后，她那泪珠终于在睫毛上站不住脚，滑落在白皙的面颊上。这使他震动了一下，张开口，他才轻声说："你是谁呢？丁洁菲吗？"

"不，是张晓寒。"她低低地回答。

"你从哪儿来？"

"从我来的地方来。"

"要到哪里去呢？"

"在那边山里，听说有一块很好很好的地……"她幽幽地说。新的泪珠不断地从她眼眶里涌出，她却不眨动睫毛，只定定地把目光凝注在他脸上，"有很好很好的水源，可以变成一个最好的玫瑰园。"

　　于是，我们的故事结束了。

　　于是，当若干天后，有一群人，要找寻那新成名的作家，和那传奇式成了名又失踪了的女演员，他们来到了这栋小屋。

　　屋中一无所有。只在那简陋的书桌上面，排列着五朵玫瑰。令人惊奇的是，那五朵玫瑰虽已枯萎，那花瓣却仍然奇异地呈现着鲜艳的色泽。

一九七〇年十二月八日黄昏

心香数朵

"哈！"倪冠群笑了，"我只是来告诉你，你从没有送错玫瑰花，从没有！"

竹风，前面我讲了一个关于玫瑰花的故事给你听，如果你对它还不厌烦，我愿为你另外再讲一个，一个也是关于玫瑰花的故事。

　　这故事的关键是一束玫瑰——一束黄玫瑰。竹风，让我说给你听吧！

【壹】

他退后三步，对那束花深深地颔了颔首："记住，要完成你的任务啊，你带去了一颗男孩子的心哪！"

最初，这故事是开始在中山北路那家名叫"馨馨花庄"的花店里。馨馨花庄坐落在中山北路最正中的地段，是家规模相当庞大的花店，店里全是最珍贵的奇花异卉和假山盆景。店主人姓张，假如你认识他，你会发现他是个充满了幽默感和诗情雅趣的老人，他开设花店，似乎并不为了谋利，而在于对花的欣赏，也在于对"买花者"的欣赏。平常，他总坐在自己的花店中，看那些花，也看花店门口那穿梭的人群。

这是冬天，又下着雨，气温低得可怕。街上的行人稀少而冷落，花店里整日都没有做过一笔生意。黄昏的时候，张老头又看到那个住在隔壁巷子里的，有着一对温柔而寥落的大眼睛的少女从花店门口走过。这少女的脸庞，对张老头而言，已经太熟悉了。她每天都要从花店门口经过好几次，到花店前的公共汽车站等车，早上出去，黄昏回来，吃过晚饭再出去，深夜时再回来。或者，因为她有一张清灵娟秀的脸庞，也或者，因为她有一头乌黑如云的秀发，再或者，因为她那种寂静而略带忧郁的神情，使张老头对她有种奇异的好感。私下里，张老头常把她比作一朵黄玫瑰。张老头一向喜欢玫瑰，但红玫瑰艳丽浓郁，不属于这女孩的一型，黄玫瑰却雅致温柔，刚好配她。

她很穷，他知道。只要看她的服装就知道了，虽是严寒的冬季了，她仍然穿着她那件白毛衣，和那条短短的浅蓝色的呢裙子。由于冷，她的面颊和鼻子常冻得红红的，但她似乎并不怕冷，挺着背脊，她走路的姿势优美而高雅，那纤长苗条的身段，那随风飘拂的发丝，别有股飘逸的味道。张老头喜欢这种典型的女孩子，她使他联想起他留在大陆的女儿。

这天黄昏，当她经过花店时，她曾在花店门口伫立了片刻，她的眼光温柔地从那些花朵上悄悄地掠过去，然后，那黑亮的眸子有些暗淡，她低下了头，难以察觉地轻轻叹息，是什么勾动了那少女的情怀？她看起来孤独而憔悴。是想要一束花吗？是无钱购买吗？张老头几乎想走过去问问她，但他刚刚从椅子里动了动，那女孩就受惊似的转身走开了。

雨仍然在下着，天际一片昏昧。这样的晚上是让人寥落的，尤其在生意清淡的时候。晚上，张老头给花儿洒了洒水，整理了一下残败的花叶，就又无事可做了。拿了一个黑瓷的花盆，他取出一束黄玫瑰，开始插一盆花，黄的配黑的，别有一种情趣，他一面插着花，心里一面模糊地想着那个忧郁而孤独的女孩。

门铃蓦地一响，有顾客上门了，张老头不由自主地精神一振。抬起头来，他看到一个高高瘦瘦的年轻人推开了那扇门，却犹犹豫豫地站在门口，目光恍惚地看着那些花朵，似乎在考虑着应不应该走进来。张老头站起身子，经过一整天的等待之后，见到一个人总是好的，他不由自主对那年轻人展开了一个温和而带着鼓励性的微笑。

"要买花吗？进来看看吧！"

那年轻人再度迟疑了一下，终于走了进来。张老头习惯性地打量着这位来客，年纪那样轻，顶多二十二三岁，一头浓黑而略显凌乱的头发，上面全是亮晶晶的小水珠，他是淋着雨走来的。浓眉，大眼，清秀而有点倨傲的脸庞，带着股阴郁而桀骜不驯的神态。这年轻人是有心事的，是不安的，也是精神恍惚的。那件咖啡色的麂皮夹克，袖口和领口都早已磨损，窄窄的已洗白了的牛仔裤，紧紧地裹着修长的双腿，脚上那双破旧的皮鞋上已遍是泥泞……哦，他还是穷苦的。

"哦，我想要一点……要一点……要一点花。"那年轻人犹豫地说，举棋不定地看看这种花，又看看那种花。

"好的，"张老头笑嘻嘻地说，"你要哪一种花？"

年轻人皱了皱眉，不安地望着那形形色色的花朵，咬咬嘴唇又耸耸肩，终于轻声地，自言自语地吐出了一句："我也不知道呢！"

"这样吧，"张老头热心地说，"你告诉我是要做什么用的，插瓶，插盆，还是送人？"

"哦，是送人，是的……是送人。"年轻人嗫嚅着说，一副心神不定的样子，仍然无助地环视着周围的花朵。

"是送病人吗？"张老头继续问，看那年轻人的神情，很可能他有什么亲人正躺在医院里，"百合，好吗？要不然，兰花、万寿菊、马蹄莲、太阳花、茶花……"

"哦，不好，我想想……"年轻人摇着头，左右看着，那漂亮的黑眼睛闪烁着。忽然间，他看到了张老头正插着盆的黄玫瑰，像发现了新大陆一般，他喜悦地叫了起来："对了，玫瑰！黄玫瑰！就是黄玫瑰最好，又高雅，又绮丽，只有她配得上黄玫瑰，也只有黄玫瑰配得上她！好了，我要买一些黄玫瑰。哦，老板，你能每天给我准备一束黄玫瑰吗？"

"每天吗？"张老头颇有兴味地研究着面前这年轻人，那脸庞上正燃烧着喜悦，眼睛里闪耀着希望。怎样一张生动的、富感情的而又充满活力的脸！那阴郁的神情已消失了，"哦，当然啦，先生。我会每天给你准备一束。"

"那么，要多少钱？"年轻人不经心似的问着，似乎对金钱是满不在乎的。一面从夹克口袋里掏出一个破破烂烂而又干干瘪瘪的皮夹子来，"我一次预付给你。"

"哦，先生，你必须告诉我每一束花要多少朵。"

"二十朵吧！"

"二十朵吗？"张老头狐疑地看了那瘦瘦的皮夹子一眼，"这花是论朵卖的，每一朵是三……"张老头再扫了那年轻人一眼，临时改了价钱，"是两块钱一朵。"

"什么？"那年轻人像被针扎了一下，惊跳了起来，"两块钱一朵！那么二十朵就是四十块，一个月就要一千二！哦，我从没买过花，我不知道花是这样贵的，哦，那么，算了吧，我——买不起！"他把皮夹子塞回了口袋，满脸的沮丧，那片阴云又悄悄地浮来，遮住了那对发光的眸子。摆了摆手，他大踏步地向门口走去，一面又抛下了一句，"对不起，打扰你啦！"

他已经推开了门，但张老头迅速地叫住了他："慢一点，先生！"

年轻人回过头来。

"你不必每天买二十朵的，先生，"张老头热烈地说，他不太了解自己的心情，是因为一整天没有主顾吗？是因为这绵绵细雨使人情绪不稳定吗？还是因为这坦率而鲁莽的年轻人有股特别讨人喜欢的地方？总之，他竟迫不及待地想要做成这笔生意，哪怕赔本也不在乎。"你每天买十朵就可以了，反正你送人，意义是一样的，那不是省了一半的钱吗？"

"可是……可是……"年轻人拂了拂他的乱发，坦白地看着张老头，"我还是买不起！"

"那么，你出得起多少钱呢？"

"哦——"年轻人又掏出了他的皮夹，看了看，十分为难地说，"我只有三百二十块钱。"

三百二十块！他总还要留一点零用钱坐坐车子，或备不时之需的。张老头心里迅速地转着念头，目光落在那些花朵上。是的，谁能给花儿估一个确实的价钱呢？花儿及时而开，原本无价，千金购买一朵，可能还侮辱了花儿。而且一旦凋谢，谁又再肯出钱购买呢？花，怎能有个不变的价钱？算了，权当它谢了！

"我卖给你！"张老头大声说，"不是三百二十块，是两百五十块，你留一点钱零用。每天十朵，我给你包扎好，你今天就开始吗？"

"哦哦，"年轻人喜出望外，有点手足无措了，"你卖了吗？两百五十块吗？"

"是的，"张老头慷慨而坚定地回答，"你要不要自己选一选花？是要半开的、全开的，还是花苞？"

"噢，我——我——"年轻人结舌地说着，还不大肯相信这是事实，终于，他的精神突然回复了，振作了一下，他兴奋地说，"要那种刚绽开几个花瓣儿的！"

"好，那种花最好看。"张老头选出了花，"我给你包漂亮点。"

"哦，等一下，老板。"那年轻人忽然又犹豫起来了。

"怎么？还嫌贵吗？"

"不，不是。"年轻人急忙说。脸上却涌起了一片淡淡的羞涩，"你——你可以代我送去吗？"

"送去？"张老头为难了，当然，他雇了好几个专门送花的人，但是，这种半送半卖的花，再要花人工去送，说什么也太那个了。

那年轻人似乎看出了他的为难，立即又迫切地接了口："你看，老板，并不要送多远，就在你隔壁这巷子里头，四十三号之五，哦，不不，是四十三号之三，送给一位小姐……"

哦！他明白了！张老头脑中迅速地浮起了那少女的模样，那清灵娟秀的女孩！那迷蒙忧郁的大眼睛，那孤独落寞的形影……哦，那朵小黄玫瑰！而这年轻人却选了黄玫瑰送她！怎样的眼光！怎样的巧合！张老头抑制不住心里一阵莫名其妙的喜悦和激动，他瞪视着面前这年轻人，漂亮中带着点鲁莽，率直中带着点倨傲，再加上那股热情，那股真挚，那股不顾一切的作风和那股稚气未除的羞涩……哦，他欣赏他！这样的男孩子是该配那样的女孩子！君子有成人之美，他何必在乎几步路的人工！

"噢，我知道了，是那位有长头发的，大眼睛的小姐！她常从我花店门口经过的。"

"是的，是的，就是她！"年轻人热烈地说，"你送吗？"

"没问题！每天一束！你要我什么时候送去呢？"

"晚上！哦，晚上不好，晚上她要去上班。早上，好，就是每天早上。"

"好的，我一定每天早上送去，那就从明天早上开始了？"

"是的，麻烦你哪，老板。"年轻人付了钱，"一定要给我送到啊！"

"慢点，先生，"张老头提醒他，"你不要附一张卡片，写个名字什么的吗？"

"噢，对了。"年轻人抓了抓自己的乱发，坐了下来，对张老头递给他的卡片发了一阵呆。

然后，提起笔来，他在那卡片上龙飞凤舞地写了几行字：

　　心香数朵，

　　祝福无数！

　　　　一个敬慕你的陌生人倪冠群敬赠

　　站起身子，他把卡片递给张老头。

　　"就这样就行了！"

　　原来他根本还没结识那女孩哪！张老头感叹地接过卡片，怎样一个鲁莽任性的男孩子呀！

　　"每天都写一样的吗？"

　　"是的！"

　　"好吧！"张老头对他笑笑，不自禁地说，"祝你成功！"

　　年轻人也笑了，那羞涩的红晕不由自主地染上了他的面颊，转过身子，他推开玻璃门，大踏步地走向门外的寒风和雨雾里去了。张老头目送他的身影消失，倚着柜台，他呆呆地站了好一会儿，手里握着那张卡片。然后，他又笑了，摇摇头，他对着那卡片不住地微笑，心里充塞着一种暖洋洋的感情。半天之后，他才走去选了十朵最好的黄玫瑰，拿到柜台前面，他举起来看看，觉得花朵太少了，又添上了两朵，他再看看，满意地笑了。用一根黄色的缎带，他细心地把花枝扎住，再系了一个好大好大的蝴蝶结。把卡片绑上之后，他不能不对那把黄玫瑰由衷地赞美，好一束花，你身上负有多大的重任啊！拿一个瓶子，注满了水，他把这花先养在瓶中。明天一早的第一件事，将把这束花送去。他退后三步，对那束花深深地颔了颔首："记住，要完成你的任务啊，你带去了一颗男孩子的心哪！"

【贰】

不要去想吧，先抛开这些烦恼的思绪吧！生活本身就是一连串的艰苦与无奈呀！

又是下雨天！

筱蓝起了床，对着窗外的雨雾无可奈何地叹了口气，这雨要下到什么时候为止呢？天气一直不能好转，冒着那冷雨凄风，白天去上课，晚上去上班，都不是什么好受的事情。生活又那样枯燥，那样烦恼，所有的事情都令人厌倦，母亲的缠绵病榻，功课的繁重，工作的不如意……还有那个该死的林伯伯！

甩了甩头，不要去想吧，先抛开这些烦恼的思绪吧！生活本身就是一连串的艰苦与无奈呀！今天早上第一节就有课，别迟到才好。匆匆地梳洗，匆匆地弄好早餐，母亲从卧室里走了出来，她那风湿的老毛病一到这又下雨又阴冷的天气就发作得更厉害，连她的背脊都佝偻了。坐在餐桌旁，她望着行色匆匆的筱蓝，不自由主地叹了口气，慢吞吞地说："昨儿晚上，林先生又来过了。"

"你是说林伯伯！"筱蓝强调了"伯伯"两个字。

"伯伯就伯伯吧，"母亲再叹了口气，"筱蓝，我知道你不爱听这话，但是，我看你就嫁了他吧！"

"妈妈！"筱蓝喊，垂下了睫毛。

"你瞧，筱蓝，自从你爸爸死了之后，我们生活是一天比一天困难了，靠你每天晚上当会计，赚的钱实在是入不敷出，而我又是三灾两病的。林先生年纪虽然大一点，人还是个老实人……"

"妈！"筱蓝打断了她，"他实在不是我幻想中那种男人。妈，让我们再挨一段时间，等我大学毕了业……"

"筱蓝，别傻了，你还要两年才毕业呢！只怕到那时候，你妈早死了！"

"妈，求你别这样说，求你！"筱蓝哀恳地看着母亲，多年来母女相依为命，她最怕听到母亲提"死"。"你让我考虑考虑，好不好？"

"你已经考虑一年了。"

"我再考虑一段时间，好吗？"

"唉，筱蓝！"母亲盯着她，眼眶里一片雾气，"我真不愿勉强你，但是，我们家实在需要一个得力的男人，你就想开点吧，女孩子迟早是要嫁人的，林先生最起码可以给你一份安定的生活，免得你每晚出去奔波，至于爱情，爱情是可以慢慢培养的！你平心而论，林先生又温和，又有耐心，哪一点不好呢！"

"我承认他是好人，"筱蓝低低地说，"但他完全不是我梦想中的白马王子！"

"梦想！你梦想中的王子又是怎样的呢？年轻、漂亮、热情、勇敢，骑着白马而来，送上一束玫瑰？"母亲嘲弄地说。

"或者是的。"筱蓝迷茫地望着窗外的雨丝，眼光里包含着一个忧郁的梦。

"但是，傻孩子，那只是梦啊！而你却生活在现实里！你可以做梦，却不能逃避现实！"

"我知道。"筱蓝也叹了口气，站起身来，拿起桌上的课本，"我要去上课了，回来再谈吧！"

门铃及时地响了起来，母亲急急地往卧室里钻："如果是来收米账的，告诉她我不在家。"

筱蓝摇了摇头，勉强地走向门口，脑子里在盘算着如何向收米账的人解释。拉开了门，她立即呆住了，门外，是亲自捧着一束黄玫瑰，笑容可掬的张老头！

"哦，哦，这是做什么？"筱蓝结舌地问。

"我是馨馨花庄来的，有位先生要我送来这束玫瑰。"

"可……可是，这是给谁的？"

"给你的，小姐。"

"你没有送错吗？"筱蓝怀疑地问。

"怎么会送错呢？那位先生说得清清楚楚的。"张老头笑意更深了。

哦，是了，准是那个林伯伯！他居然也学会送花这一套了。筱蓝有些兴味索然，接过了花，她不经心地说："是个胖胖的先生向你买的，是吗？"

"哦，不是，"张老头急忙说，"是个年轻人，像个大学生的样儿，挺漂亮的呢！"

说完，他不再看自己留下的影响是什么，就微笑着转身走了。筱蓝愕然地看着那束包装华丽的黄玫瑰，满怀的困惑与不解。然后，她发现了那张卡片，取下来，她喃喃地念着上面的句子："心香数朵，祝福无数！一个敬慕你的陌生人——倪冠群……天知道，这个倪冠群是谁呀！"

母亲从卧室里伸出头来。

"是谁，筱蓝？"

"有人送了我一束黄玫瑰。"

"谁送的？"

"我也不知道，我根本不认识他！"筱蓝说，走去找花瓶，一面低低地自语了一句，"说不定那个白马王子竟出现了呢！"盛了一瓶子水，把玫瑰插进瓶中，她注视着那些花朵，想起自己刚刚的话和思想，就禁不住满脸都可怕地发起烧来了。

一束突如其来的黄玫瑰，一个陌生人，一束心香，无数祝福，带给筱蓝的，是整日的精神恍惚，几百种揣测和几千种幻想。那个像大学生的年轻人！他怎样注意到她的呢？他可能在街上看过她，可能是同校高年级的男同学，可能常和她搭同一辆公共汽车上学，也可能是她工作所在地附近的男孩子。他怎会知道她的住址？可能是打听出来的，也可能跟踪过她。哦，可能这个，可能那个……几百种可能！

一整天就在这些可能中过去了。新的一日来临时，新的一束玫瑰花又到达了筱蓝的手中，她已不只是惊奇，简直是迷惑了。

第三日，第四日，第五日……一束束的黄玫瑰涌进了筱蓝的闺房，整栋房子里到处都弥漫着玫瑰花香。母亲无法再沉默了，注视着筱蓝，她严肃地说："坦白说出来吧，筱蓝，这个倪冠群是你的男朋友吗？你就是为了他而不愿嫁给林先生的吗？"

"啊呀，妈妈，我发誓不认识这个倪冠群，你没有看到他的签名吗？他也自称是'陌生人'呀。"

"谁知道那是不是你们玩的花枪呢！"

"妈妈！"筱蓝恳求似的喊，"我真的不认识他！"

"难道他送了一个星期的玫瑰花，还没在你面前露过面吗？"

"从没有过。"

"那么，这该是个神经病了！你最好当心一点，这种神经病不知道会做出些什么事来！"

筱蓝不语，掉转头去看着桌上的玫瑰花。神经病？或许这是个神经病！但是，唉！她在心中深深地叹息，她多想认识这个神经病呀!

　　半个月过去了,玫瑰花的赠送始终没有停止。筱蓝开始习惯于在每天早上接受那束黄玫瑰了,而且,她发现自己竟在每天期待着那束黄玫瑰了。从早上起床,她就会那样怔忡不安地等着门铃响,生怕有一日它不再响,而离奇的黄玫瑰就此停止,不再出现。这种恐惧比那赠送者是个神经病的恐惧更大,更强烈。而且,她也发现自己变了。她常常那样精神恍惚,常常做错了事情,常常不自觉地微笑,不自觉地唱歌,不自觉地堕入深深沉沉的冥想中。

　　这种变化逃不过母亲的眼睛,她点着头,沉吟地说:"看样子,这玫瑰花上必然有着神经病的传染菌,我看,筱蓝,你也快成神经病了。"

　　这玫瑰花不但引起了母女两人的不安,还使那位林先生大大不以为然。

　　"我主张报警!"他大声地说,"凡是莫名其妙的事情都没好事,谁知道它会带来怎样的灾难!"

　　"噢,林伯伯,"筱蓝立即说,"请别管它吧!"

　　"别管它!"那追求者瞪大了眼睛,"难道你不害怕吗?"

　　"害怕?"筱蓝红着脸,眼睛亮得好迷人,"谁会去怕几朵花呢?"她笑了,笑得甜甜的,醉醉的。她的眼光幽幽柔柔地落在那几朵花上。于是,那反应迟钝的追求者,也大惑不解地看出一项事实:他竟斗不过那几朵莫名其妙的玫瑰花!

　　但是,到底谁是那送玫瑰的人呢? 二十天之后,筱蓝终于红着脸,羞羞涩涩地跨进馨馨花庄的大门。站在那些花儿中间,她几乎不敢抬起睫毛来,低低地、局促地,她含混不清地说:"老板,我——我有件事想问问你。"

　　"是的。"张老头微笑地说,用欣赏的眼光得意地望着面前那张娇羞怯怯的脸庞。玫瑰花对她显然是好的，他模糊地想。它们染红了她的双颊，点亮了她的眼睛，还驱除了她脸上的忧郁和身上的落寞。有什么药物能比这些花儿更灵验呢？

"你常常送玫瑰花到我家。"筱蓝轻声地说。

"是的，我知道。"

"能告诉我那个买花的先生的地址吗？"

"哦，抱歉，小姐，我也不知道呢！他订了一个月的玫瑰花，钱都是预付的，我也没有再见过他。"张老头坦白地说，注视着那张颇为失望的脸孔，"不过，小姐，我想等到一个月结束的时候，他一定会再来的！"

"如果……如果……如果他再来的时候……"筱蓝嗫嚅着说，"请你……"

"我知道了，小姐，"张老头笑嘻嘻地说，"我会告诉他，请他亲自把玫瑰花送到你家里去！"

筱蓝的脸蓦然间烧到了耳根，转过身子，她赶快跑出了馨馨花庄。剩下张老头，仍然在那儿咧着嘴嘻嘻地笑着。

筱蓝走出了花店，迎着扑面而来的冷雨，她的脸上仍然热烘烘的。这是晚上，她必须去上班，她走向了公共汽车站，站上有许多人在等车，她的目光悄悄地从人群中掠过去，是这个人吗？是那个人吗？唉，她心里又在低低叹息，她是怎样全心全意地等待着那个陌生人啊！

【叁】

是了，他该为他准备一束黄玫瑰，他会需要一束花，来掩饰他初次拜访时的羞窘。

一个月终于过去了，张老头送完了最后一束玫瑰以后，就整天守在花店中，等待着那个年轻人的出现。如果他估计得没有错误，他料想是那年轻人该露面的时候了。

这是星期天，一个好日子，张老头模糊地想着，那女孩没有去上课，也不必去上班，等倪冠群来的时候，他可以告诉他："你直接去吧，她正等着你呢！"

他真想看到倪冠群听到这句话之后的表情，会是惊？是喜？是高兴？是失措？他眼前不由自主地浮起倪冠群那张年轻鲁莽而热情的脸，在这张脸旁边，却是筱蓝那羞涩的、腼腆的、娇羞怯怯、含情脉脉的脸庞。噢，多么相配的两个孩子！

是了，他该为他准备一束黄玫瑰，他会需要一束花，来掩饰他初次拜访时的羞窘。

张老头准备了玫瑰花。

但是，上午过去了，中午也过去了，下午又过去了，倪冠群却一直没有出现。

难道这孩子已忘记了送玫瑰花的事？难道那莽撞的傻小子又见

异思迁地爱上了另一个"陌生女孩"？难道他穷困潦倒，无法续购玫瑰花，就干脆来个避不见面？难道他只有五分钟的热度，如今那热度已经消退？张老头有几百种怀疑，也有几百个失望，而那孩子是真的不露面了。唉，张老头叹着气，他不知道明天他还该不该继续送那"心香数朵"。

晚上，张老头已放弃了希望，而且坏脾气地诅咒着那阴雨绵绵的天气，他觉得自己的生活是太单调了。他告诉小徒弟，准备提早打烊，这样阴冷而恶劣的天气，不会再有顾客上门了。就在他准备关门的时候，忽然间，一个矫捷的身影迅速地穿过了对街的街道，像一股旋风，他猛然间旋进了馨馨花庄的大门，站在那儿，他满头雨雾，气喘吁吁。

"哈！你总算来了！"张老头眼睛一亮，精神全回复了。他瞪视着倪冠群，和那天一样的装束，一样的乱发蓬松，一样的浓眉大眼，所不同的是今晚的他，全身都充斥着某种不寻常的怒气。

"我要来问问你，老板，"倪冠群盛气凌人地说，"你帮我送过了玫瑰花吗？"

"当然啦，一天都没有间断！"张老头爽朗而肯定地回答。

"那么，你把那些花送到什么地方去了？"倪冠群大声地问，高高地扬起了他那两道浓黑的眉毛。

"怎么，就是你要我送去的那位小姐的家里呀！"张老头困惑了，不自禁地锁起了眉头。

"那位小姐！天，你送到哪一位小姐家里去了？"

"就是隔壁巷子里，右边倒数第三家，那个有着长头发大眼睛的女学生呀！"

"哎，错了，错了，完完全全错了！"倪冠群重重地跺着脚，暴跳如雷，"我要送的是倒数第四家，那个叫忆梅的小姐呀！"

　　张老头愣在那儿，他想起来了，在那巷子里，确实有一个衣着华丽的少女，那是××舞厅的红舞女，经常有各种漂亮的小汽车在巷口等着接她，也经常有人来订成打的名花异卉送到她家里去。忆梅？或许她的名字是叫忆梅！只是，如果他早知道送花的对象是她，如果他早知道……他看着倪冠群，满怀的喜悦之情都从窗口飞走了。

　　"你说我送错了？"他语音重浊地说。

　　"是的！我今天打电话去，人家说从来没有收到什么玫瑰花！你让我闹了个大笑话！"

　　"但是，我没有送错！"张老头喃喃地说，轻轻地摇着头。

　　"你是什么意思？"倪冠群更加没好气了。

　　"你不信去看看，在那巷子里倒数第三家，有位小姐收了你一个月的玫瑰花！"

　　"啊呀！我的天！"倪冠群猛然想起花束上所附的卡片，"这误会是闹大了，什么心香数朵，祝福无数！哎呀，我还签了自己的名字呢！不行，这误会非解释清楚不可！真糟，偏偏那家也有个小姐！哦，老板，你说是倒数第三家吗？"

　　"是的，是的，那小姐很感激你的玫瑰花呢！哦，等一下，倪先生，你何不再带一束花去，算是对这个错误致歉，解释起来也容易点。至于这束黄玫瑰，算是我送给你的。"

　　倪冠群想了想，烦恼地摆了摆头，就一把接过了张老头手里的花束，转过身子，他毫不犹疑地向门外冲去。张老头在他身后直着脖子喊："倪先生，解释的时候委婉点呀，别让人家小姐不好意思。"

　　倪冠群根本没在意这句话，他只想三言两语地把事情解释清楚，至于那位小姐，有什么可不好意思的呢？走进了巷子，他大踏步地向巷中走去，数了数，倒数第三家，他停在一栋小小的、简陋的砖造平房前面。与这平房比邻而建的，就是忆梅那漂亮的花园洋房。

他伸手按了门铃，站在那儿，他举着一束黄玫瑰，下意识地用手指拨弄着花瓣，不耐烦地等待着。

大门呀的一声拉开了，筱蓝那白皙的、恬静的、娟秀而略带忧愁的面孔就出现了。她正烦恼着，因为林伯伯这时正在她家里，和母亲两个人一搭一档地逼着要她答应婚事。门铃声救了她，她不经心地打开了大门，一眼看到的，就是个挺拔修长的年轻人，一对灼灼的眸子，一束黄玫瑰！她的面颊倏然间失去了血色，又迅速地涨得绯红了。

"哦，小姐，我……我……我姓倪……"倪冠群困难地说，举着那束黄玫瑰，他没料到这解释比预期的难了十万八千倍。而他眼前浮现的，竟是这样一张清灵秀气的脸庞！那乍白乍红的面颊，那吃惊而惶恐的大眼睛，那微张着的轻轻嚅动的小嘴唇，那股又羞又怯，又惊又喜，又嗔又怨的神态……倪冠群觉得无法继续自己的言语了。痴痴地望着筱蓝，他举着玫瑰花呆住了。

好半天他才回过神来，觉得必须达到自己来访的目的，于是，他振作了一下，又开了口："哦，小姐，我姓倪，我叫倪冠群……"

"哦，我知道。"筱蓝也已恢复了一些神志，她迅速地接了口，面孔仍然是绯红的。对于他这突如其来的拜访，她实在不知道怎么办好，想请他进去坐，家里又有那样一个讨厌的林伯伯！和他出去吧，却又有多少的不妥当！正在犹疑着的时候，母亲却走到门口来了，一面问着："是谁呀，筱蓝？"

"哦，哦，是——是倪——倪冠群。"筱蓝仓促地回答，一面匆匆地对倪冠群说，"那是我妈。"

母亲出现在房门口，一看到倪冠群手里那束玫瑰花，她就明白了！就是这傻小子破坏了筱蓝的婚事，就是他弄得筱蓝痴痴傻傻天下大乱！她瞪视着倪冠群，没好气地说："哦，原来是你！你来做什么？我告诉你，我们筱蓝是规规矩矩的女孩子，不和陌生人打交道的！你请吧，倪先生！"

"哦，妈妈！"筱蓝又惊又急地喊，下意识地转过身子，向后退了一步，倚向倪冠群的身边，似乎想护住倪冠群，也仿佛在表明自己和倪冠群是一条阵线的。同时，她急急地说，"你不要这样说，妈妈，他是我的朋友呢！不是什么陌生人呢！"

"不是什么陌生人？原来你们早就认识的吗？"

筱蓝匆匆地对倪冠群投去哀恳似的一瞥，这一瞥里有着千千万万种意义和言语。倪冠群是完全愣住了，他已忘了自己来的目的，只是呆呆地站着，成了一个地地道道的"傻小子"。那个母亲被弄糊涂了，也生气了，现在的年轻人到底在搞些什么鬼？她气呼呼地说："好吧！你们先给我进来，别站在房门口，你们倒说说明白，这是怎么回事！"

倪冠群被动地走进了那个小得不能再小的院落，还没来得及讲话，偏偏那在屋里待得不耐烦的"林伯伯"也跑了出来。一看到倪冠群，这个林伯伯的眼睛也红了，脖子也粗了，声音也大了："好啊！你就是那个每天送玫瑰花的神经病吗？"

倪冠群被骂得心里冒火，掉过头来，他望着筱蓝说："这是你爸爸吗？"

"才不是呢！"筱蓝说，"他……他……他是……"

"我是筱蓝的未婚夫！"那"林伯伯"挺了挺他那已凸出来的肚子，得意扬扬地说了一句，用一副胜利者的姿态轻蔑地注视着倪冠群。

倪冠群深深地望了筱蓝一眼，一股莫名的怒气从他胸口直往上冲，难道这清灵如水的女孩子就该配这样一个糟老头吗？而筱蓝呢，随着倪冠群的注视，她的脸色变得苍白了，眼眶里泪光莹然了，抬起睫毛，她哀求似的看着那个"林伯伯"，说："林伯伯，你不要乱讲，我从没有答应过要嫁给你！"

林伯伯恼羞成怒了，指着倪冠群，他愤愤地说："不嫁给我，你难道要嫁给这个穷小子吗？我告诉你，他连自己都养不活，嫁给他你不饿死才有鬼！"

倪冠群按捺不住了，跨上前一步，他挺着背脊，扬着头，怒视着那个"林伯伯"，大声地说："胡闹！"

"胡闹？"那林伯伯竖起了眉，愤然大吼，"你在说谁？"

"我在说你！"倪冠群声调铿锵，"癞蛤蟆想吃天鹅肉！"

"什么？什么？"那位追求者气得脸色发白，"你是哪儿来的流氓？你这个衣服都穿不全的穷小子，你才是癞蛤蟆想吃天鹅肉呢！现在，你给我滚出去，要不然我就叫警察来！"

倪冠群的怒火全冲进了头脑里，他再也控制不住他自己的舌头，许多话像倒水般地倾倒出来，一泻而不可止："请你不要侮辱人！什么叫作穷小子，你倒解释解释！是的，我穷，这难道是耻辱吗？我虽然穷，却半工半读地念了大学，我虽然穷，却从没有放弃过努力和奋斗！我虽然穷，却有斗志有决心，还有大好的前途！我年轻，我强壮，我有的是时间和体力，穷，又有什么关系？"他掉过头来，直视着筱蓝，毫不考虑地，冲口而出地说，"你说，你愿意跟他这样的人去共享荣华富贵呢，还是愿意跟一个像我这样的穷小子去共同创造人生？"

筱蓝折服在他那侃侃而谈之下，折服在他明亮的眼睛和高昂的气概之下，她发出一声热情的低喊，再也顾不得和他只是第一次见面，顾不得对他的来龙去脉都还摸不清楚。她只觉得自己早已认识他了，那么熟悉，那么亲切！她奔向了他，紧紧地依偎着他，而他呢，也在那份太大的激情和感动之下，用手紧揽住了她的腰。

　　"哦，这简直是疯了，一对疯子！"林伯伯气呼呼地说，转向了
筱蓝的母亲，他以一副不屑的、高傲的、道貌岸然的神态说："哦，
对不起，朱太太，我不知道你的女儿是这样行为不检，又不顾羞耻
的女孩，我不能娶这样的人做太太，我的太太必须是贤妻良母，所
以，关于婚事的话就免谈了。"

　　那母亲深深地吁出了一口气，对那趾高气扬地向门口走去的林
先生微微颔首。是的，去吧！她心中模糊地想着，你尽可以轻视我
那不顾羞耻的女儿，但是，却有人会珍惜她，会爱护她，会和她去
共创美好的人生呢！她关好了大门，回过头来，是的，那年轻人坚
强挺拔，神采飞扬，他该擎得住整个的天空呢！她觉得自己的眼眶
潮湿，自己心里涨满了某种温柔的情绪。是的，幸好没有造成错误，
幸好没有葬送了女儿的幸福！望着那对依偎着的年轻人，她清了清
嗓子，故意淡漠地说："好了，你们总不会在院子里吹一个晚上的冷
风吧！筱蓝，你还不请你的朋友进去？我的骨头都痛了，可没有办
法陪你们了！"她退进了自己的卧室，善解人意地关上了房门。

　　倪冠群和筱蓝面面相觑，这时才感到他们之间那份陌生。整个
事件的发展，对两个人来说，都像一场难以置信的梦。尤其是倪冠
群，这个晚上的遭遇，对他来讲，简直是个传奇。他注视着筱蓝，
后者也正痴痴地看着他，那蒙眬的眼睛里，是一片娇羞怯怯的脉脉
柔情。

　　"嘿，我想……我想……"倪冠群终于开了口，但是，想什么呢？
难道现在还要告诉她，这所有的事件都是误会？不，他眩惑地看着
那温柔姣好的脸庞，他知道他永不会说出来了，永远不会！筱蓝哧
的一声，轻轻笑了。接过他一直握在手里的玫瑰花，她低声说："你
想什么？进来吧，我要把这束花插起来。"

　　他跟着她走进了室内。她悄无声息地走开，插了一瓶黄玫瑰。

把花瓶放在客厅的小几上，她垂着睫毛，半含着笑，半含着羞，她轻声地说："你怎么想起送玫瑰花给我的绝招，你又怎么知道我最喜欢黄玫瑰？"

他讪讪地笑着，红了脸，不由自主地垂下了头。

于是，她又问："从什么时候开始，你注意到我的呢？"

从什么时候开始的呢？他怎能告诉她，在一个多月前那个晚上，他第一次和朋友们踏进舞厅，在那灯红酒绿的环境下，竟会迷惑于那红舞女夺人的艳丽？而今，面对着筱蓝那清澈的眸子，那真挚的眼光，那充满了灵性和柔情的注视，他变得多渺小，多寒碜，多幼稚！他几乎懊恼于自己竟有过追求那舞女的念头，但是，假若当初没有那念头，他又怎会邂逅了筱蓝？

他抬起眼睛，看了看筱蓝，脸更红了。嗫嚅着，他含混地，低声地说："你又何必问呢？或许，是从天地混沌初开的时候起，我就注意到你了。"

她果然不再追问，只是那样静静地微笑着，用深情款款的眸子深深地注视着他。

桌上那瓶黄玫瑰在笑着，绽放了一屋子的幽香。

【肆】

他不想再去探究那谜底了，那并不重要，重要的是玫瑰花都到了它们该到的地方。

第二天，张老头坐在他的花店里，看着倪冠群推门进来。

"嘿，老板！"倪冠群招呼着，有点讪讪的。

"是的。"张老头注视着他。

"还记得我吧？"倪冠群有些不安地微笑着，却掩饰不住眉梢眼底的一份喜悦之情。

"当然，你曾责备我把玫瑰花送错了。"

"哈！"倪冠群笑了，"我只是来告诉你，你从没有送错玫瑰花，从没有！"

"哦，"张老头也笑了，"我知道我从没有送错过，我一直都知道。"

倪冠群瞪视着张老头，一时间，他有些疑惑，不知这慧黠的老头是不是一开始就动了手脚，但那老头脸上丝毫不露声色。他不想再去探究那谜底了，那并不重要，重要的是玫瑰花都到了它们该到的地方。

他离开了馨馨花庄，在隔壁巷子里，正有人等待着他。张老头目送他出去。从柜台里走出来，他拿起了浇花壶，开始一面哼着歌，一面给那些花浇着水。浇完了，他停在那一大盆黄玫瑰的前面，深深地一颔首。

一九七一年一月四日

后记

"给竹风的故事集"在我心中已酝酿多年，我一直希望用某种方式，使一个个独立的故事能彼此联系在一起，成为一个完整的整体。因此，在若干年前，我曾写了《六个梦》，而今，我又写了"给竹风的故事集"。

和《六个梦》一样，"给竹风的故事集"每篇都有相同的风格和类似的主题。而且，每个故事都有个完美的结局。许多读者曾建议我："别再写那些让人流泪的东西，请给你书中的人物，安排一个较好的结局。"我想，我大约受了这些读者的影响，这本集子中没有什么特别悲惨的故事。但愿它们能使读者们获得一刹那的心境平和，一刹那的温柔宁静，我愿已足。

别问"竹风"是谁，那只是个故事中的人物。往往，就连"说故事者"也是"故事"中的人物。本来嘛，谁不是故事中的人物呢？

多年来的写作生涯，我虽磨炼又磨炼，学习又学习，仍然自知浅陋。每出一本书，就增加一份汗颜与惶恐。因此，在这儿，我要重申一句以前说过的话：愿前辈们有以教我，愿读者们多所包涵。

琼瑶

一九七一年一月十四日于台北

图书在版编目（CIP）数据

水灵 / 琼瑶著 . —长沙：湖南文艺出版社，
2018.9
ISBN 978-7-5404-8822-2

Ⅰ . ①水… Ⅱ . ①琼… Ⅲ . ①短篇小说—小说集—中
国—当代 Ⅳ . ① I247.7

中国版本图书馆 CIP 数据核字（2018）第 183014 号

上架建议：畅销·小说

SHUILING
水灵

作　　者：琼　瑶
出 版 人：曾赛丰
责任编辑：薛　健　刘诗哲
监　　制：毛闽峰　李　娜
特约监制：何琇琼
版权支持：戴　玲
特约策划：李　颖　张园园　张　璐　杨　祎　雷清清
特约编辑：王　静
特约营销：杨　帆　周怡文
装帧设计：利　锐
封面插画：季智清
出版发行：湖南文艺出版社
　　　　　（长沙市雨花区东二环一段 508 号　邮编：410014）
网　　址：www.hnwy.net
印　　刷：北京天宇万达印刷有限公司
经　　销：新华书店
开　　本：860mm×1200mm　1/32
字　　数：169 千字
印　　张：7
版　　次：2018 年 9 月第 1 版
印　　次：2018 年 9 月第 1 次印刷
书　　号：ISBN 978-7-5404-8822-2
定　　价：42.00 元

若有质量问题，请致电质量监督电话：010-59096394
团购电话：010-59320018